一盏灯的世界

龚静染 著

四川文艺出版社

图书在版编目（CIP）数据

一盏灯的世界 / 龚静染著. -- 成都：四川文艺出版社，
2021.6

ISBN 978-7-5411-6063-9

Ⅰ . ①一… Ⅱ . ①龚… Ⅲ . ①报告文学—中国—当代Ⅳ.
①I25

中国版本图书馆CIP数据核字（2021）第123985号

YIZHANDENG DE SHIJIE

一 盏 灯 的 世 界

龚静染　著

出 品 人　张庆宁
策 划 人　陈必文　罗晓伊　吕具新
责任编辑　李国亮　邓 　敏
封面设计　叶 　茂
内文设计　史小燕
责任校对　段 　敏
责任印制　崔 　娜

出版发行　四川文艺出版社（成都市槐树街2号）
网 　址　www.scwys.com
电 　话　028-86259287（发行部）　 028-86259303（编辑部）
传 　真　028-86259306

邮购地址　成都市槐树街2号四川文艺出版社邮购部　610031
排 　版　四川最近文化传播有限公司
印 　刷　四川机投印务有限公司
成品尺寸　145mm×210mm　　　开 　本　32开
印 　张　8.5　　　　　　　　　字 　数　170千
版 　次　2021年6月第一版　　　印 　次　2021年6月第一次印刷
书 　号　ISBN 978-7-5411-6063-9
定 　价　48.00元

引 子

去年一年，我七次去凉山、三次到了乌蒙。

今年又辗转于四川云南，不是去游山玩水，而是去采访特高压工程建设，我想真真切切去感受一下大国工程的风貌。

特高压是中国的一张名片。特高压直流事业在四川发源，在四川发展。四川是特高压建设的主阵地。

雅中－江西、白鹤滩－江苏、白鹤滩－浙江±800千伏特高压直流输电工程（简称为雅江工程、白江工程、白浙工程）是四川继复奉、锦苏、宾金建成之后重新启动的三个特高压工程，建设者们约定俗成称之为"新三直"。它们在相继建成后，四川不仅是清洁能源富集基地，又当之无愧地成为能源大通道送端高地。

新建的这三条大型输电走廊是西电东送战略的重要组成部分，是服务国家能源战略、保障西部水电消纳、满足东部发展需求的重大项目。四川送端的主要建设任务是"一桥（大金河桥）、两站（盐源换流站、布拖换流站）、三条线（雅江、白江、白浙）"，而其中的每一条线都要横跨五六个省，飞越千里。显然，这是个庞大的电网建设工程，它关系到沿途很多城市、乡村、学校、工厂，甚至每一个家庭的每一盏灯。

我要写的主要就是其中的雅江工程，就在这本书面世之际，它于2020年6月21日全线贯通，顺利投运了。可以说这是一个比较完整的采访过程，也是一次比较深入、真实的记录过程。在建设期间，我曾跟随工程建设线路，去采访了那些奋战在一线的员工们，见证了他们鏖战凉山、远征乌蒙，穿密林、爬绝壁、冒酷暑、战浓雾、斗冰雪的艰苦卓绝，而所有的人和事都写到这本书里。这本身好像就是一个故事，但故事的主角不是我，而是那些默默无闻的电力人。

我是在新冠疫情之后刚刚复工时到的大凉山和乌蒙地区。那时候到处还显得人心惶惶，四处行走并不方便，但雅江工程的建设已经进入了高峰时期，他们是逆行者，是首批返回当地工作的外乡人，积极抗疫和艰苦奋战演绎了一幕幕感人的故事，而我也正好幸运地闯进了这个千载难逢的场景中。

建设期间，上万人分布在各个工程段上，崇山峻岭，延绵千里。但在宏大的建设工程中，我更关注一个一个的人，正是因为他们看起来微小的贡献，才让这个世人瞩目的国家工程得以矗立在千山万水之间。

故事就是从一个一个的人开始采访的，他们的工作，他们的生活，他们的情感世界，可以说这些都是工程建设的一部分。当我看到一座座基塔拔地而起、一条条电缆穿行在大地上的时候，总会想到那些人，他们的艰辛，他们的甘甜，他们的付出，他们的骄傲，好像都化为一段铭记。

在这本书中写到的人，只是雅江工程中的一部分，还有更多的建设者同样值得我们记住。

就在书稿付梓之际，白江工程正在建设攻坚，白浙工程已经拉开大幕。我们看到的仍然是他们默然前行的身影，从一座山到另一座山，从一盏灯到另一盏灯。群山之间有建设者的足迹，万家灯火中才有幸福和平安。

C目录
ONTENTS

一、群山之间：一盏灯的情怀

布拖山上的雪 /002

西电东送的壮歌 /008

不眠之夜的访谈 /017

书生情怀 /025

风雨中的输电人生 /030

二、百年沧桑：一盏灯的岁月

百年电力沧桑史 /039

走出海外的电力人 /046

中国来到特高压时代 /055

水起大凉山 /063

三、穿云破雾：一盏灯的道路

工程考察小分队 /072

临战粮草计 /078

在深山中亲历拆迁 /084

遭遇"崇山峻岭" /091

疫情突袭，他们逆袭 /100

四、苦尽甘来：一盏灯的人生

家在远方 /109

"忙啊！"：父亲的愧疚 /119

行走乌蒙间 /125

青春与银线做伴 /132

塔下探访 /138

五、播撒爱心：一盏灯的温暖

待到苹果秋收时 /148

与物联网共舞 /155

马铃声声：特殊的运输 /162

雅砻江边修桥人 /168

来自光明村的一封信 /177

六、坚强挺立：一盏灯的守护

重装越岭：每一寸山道 /188

刀背梁上 /193

异乡"远征军" /200

现场为王的"教授" /208

走进安全体验馆 /214

让科技之翼穿云破雾 /219

七、情满大地：一盏灯的凝望

驻守一线的博士们 /228

工地之花与两只鱼缸 /238

工程中的"火眼金睛" /243

飞越苍茫群山 /249

不破楼兰终不还 /254

一、群山之间：一盏灯的情怀

群山之间，行走的是云朵、风、牛羊。

但群山之间还行走着一群人。

他们饱受风霜雪雨、日晒雨淋，他们在崎岖的山路上盘旋，在陡峭的山岩上攀越，他们穿云破雾，将山与山连接在一起，将水与水连接在一起，将天与地连接在一起，他们就是默默奉献的电力人。

在群山之间，他们在烈日中奋战，在寒风中露宿，在长夜漫漫中忍受孤独。但他们喝过最甘甜的露水，听过最动听的松涛，见过世界上最美的景色；他们站在高高的基塔上，视野辽阔，心胸高远……

这是一种人生，也是一种情怀。

只有在群山之间，他们才会变得深邃和博大。

布拖山上的雪

2020年1月下旬，四川大凉山区普降大雪。

在途经布拖的路上，雪还在纷纷扬扬地下着，四周的大山早已是白皑皑的一片。

道路变得模糊起来，汽车缓慢地、小心翼翼地行驶着。一些车停在了路边，司机在忙着给车轮加防滑链条；也有车子不慎滑到了路边沟里，一群人正在吃力地把它重新推上公路，他们喘着大气，浑身是泥，脸被冻得发紫。

从金阳县对坪镇到布拖虽然只有一百多公里路程，但开车需要三四个小时。这是顺利的情况，如果不顺利，那就难说了，过去在没有修路之前，一两天都有可能。在大凉山区，这一段是出了名的烂路、险路，车沿着金沙江边的山道行驶，两边是陡峭的山崖，山骨暴露，峰枝如削，而道路之窄，仅容一车通过。

一侧是悬崖，一边是峡谷，两头望去，让人胆战心惊。

这天一大早，我搭着周岩的顺风车，准备从金阳对坪镇返回西昌。

周岩是吉林省送变电工程公司驻雅江工程的综合办主

任，他们的项目部就设在对坪镇。他这次是去西昌采购一些食品，如方便面、自热米饭、火腿肠、饮料等，为第二天的布拖段的工程验收做准备。据他说，这回有几十名专家要到三十多个工程点上去逐个评定验收，整天都会马不停蹄地在山上跑，而且要连续几天时间，生活物资必须要有充分的保障。

天还没有亮，路上的车子不多。在这条路上，堵上一两个小时是常事，我前两天去金阳的路途中，就因为修路爆破堵了很长一段时间，而一旦被堵上，要想重新疏通真的需要点耐心。

路途还算顺利，周岩对这段路特别的熟悉。过了最险的一段，我们聊了起来。

"这条路你走过多少次？"我问。

"数不清，总得有千百次吧。"

他的工作事无巨细，单几十号人的吃喝就够他折腾，周岩几乎每天都要在这条路上来回奔波。

说起这条路，他是感慨万千。

"路是才修好没有多久，过去真的是太烂了，坑坑洼洼，经常出事，半米之外就是深渊，掉下去连妈都喊不了一声！"

说完，他又指着我旁边的玻璃窗，"之前一块石头落下来，正好砸在车窗上，哗的一声，全碎了"。

这么一说，不禁毛骨悚然。我抬头往山上一望，瞬间觉得那些张牙舞爪的巨石随时都可能要落下来，下一次可能就没有那么幸运了。

"山体滑坡是家常便饭，飞石下来谁也不知道会出现什么情况。"周岩有些心有余悸。

"那你还算幸运！"

"是呀，工程也快干完了，等验收竣工就赶紧回家。"

"你多久没有回家了？"

"大半年了。"

"这么长？"

"我还算好的，我们项目部有从工程开始到现在还没有回过家的，走不了啊！说句实话，这个工程太难了！真的，以前从来没有遇到过。"

他有些不堪回首的样子。

周岩是长春人，四十七八岁，从参加工作干的就是送变电，参加过很多输电项目，走南闯北，跟着公司到处跑。他父母也是送变电的老员工，按他的说法是"父一辈、子一辈都是干送变电的"，他就是真正的"送二代"。但他认为与之前干过的所有电网建设工程相比，雅江工程的这一段是最难的。

"山太陡了，直上直下，刀砍似的！"

相信每一个到过这里的人，都会有这样的感叹。

就在昨天，我去了位于金阳县对坪镇金沙江边的一个电网建设工地，那是四川与云南交界的地方，中间隔着一条金沙江，在江两岸的山头上分别矗立着两座电塔，工人们要用电缆把大江两岸的塔连接起来。那两座基塔的序号分别是N0801和N0802，N0801是由吉林送变电公司修建的，N0802则由云南送变电公司承建，现在塔已建好，只等放线。但问题是，两塔之间的跨度非常大，距离有1548米，电缆要飞越金沙江，放线难度不小，而我就是为这个来的。

那是块久啃不下的硬骨头。整个工程已经接近尾声，只有极少的几个地方等待攻坚，这里就是其中之一；而它们一旦连通，雅江工程川云段离全线贯通也就指日可待了。当然，这也就成了我采访的重点之一，我很期待看到那一幕壮观的放线场景。

但预计的放线日期，因为天气原因推迟了。

那天我一早就去了项目点上，看到的并非热火朝天的景象。从云南来的十来个工人正闲散在工地上，机器设备早已准备就绪，但就是无法推进，大家只好或站或蹲地缩在那里，望着下面的金沙江发呆。

不能放线施工的主要原因是山上下雪、结冰，塔架上全是厚厚的冰，工人爬上去作业非常危险。据放线班组的负责人讲，他们已经是"三进三出"，两个月前就已经进入这里，但天公不作美，连续三次进山都被恶劣的天气挡了回去。这是第四次来到这里，再不放线就要拖整个工程的后腿了，所以准备趁天气转好，一举拿下。

确实，今年情况太特殊了，川滇交界的一带山区已经下了五个月雨，山上一直是雨天、雾天、雪天，轮流交替。据当地老百姓讲，过去很少有这么长的雨天，山都被泡松了，石头被泡烂了，哗哗往山下滚。连牛羊都不敢往山上窜，而要卡在工期之内，在山上修建上百座基塔，没有三头六臂恐怕不行。

他们没有三头六臂，但真的在山上建了上百座基塔。

站在江边的一处工地上，寒风呼呼地吹，耳朵如小刀在割。我当时的位置正好在两座基塔之间，抬头一望，山间云雾缭绕，塔身时隐时现，竟然有种缥缈的诗意。但这里是工程现场，每个人都神情肃然，没有丝毫的浪漫。

据现场目测，N0801基塔在江右岸的一个小山顶上，N0802则在江左岸的一个山腰，两者最大高差在1650米。关键在于，在N0802背后的几座基塔分别在另外的几座山上，都是直上直下，高差极大；在N0805、N0807基塔之间还有一个山势的大起伏，加大了放线的难度。我去问其中的一个工人，说什么时候可以放线？他摊了摊手，神情漠然。但工期紧促，春节临近，他们必须在此一搏，尽快解决战斗。

然而，人算不如天算，究竟在哪天能够放线，谁也不敢拍胸口，还是只有等。

天渐渐亮了，车继续在公路上行驶，我与周岩随意地聊着，按他们东北话说叫唠嗑。车在山道上盘旋，只感到头昏脑涨，这旅途不会轻松，到西昌有六七个小时的路程，我们不时找一些话来打破沉闷。

经过了江边一段长长的公路，终于见到了人烟，最险的

一盏灯的世界

一段过去了。

很快就到了布拖县，又进入了一段盘山公路，弯来绕去。不过视野变大了，山顶上全是雪，褐色的山坡全部变成了白色，连树枝都是白的。在那些山峦之间，可以一目了然地看到一座又一座新建起来的基塔，它们也是白的，准确说是银白色的，比雪的纯白要灰一点，但只要有一线阳光，马上就会反射出比雪还要耀眼的光芒。

这其中就有周岩他们建起来的基塔，从金阳一直延绵到布拖。

"啥时回老家过年？"我问。

"哎，我正为这事犹豫。按说工程已经到收尾阶段，忙碌了一年是应该回家看看的，毕竟父母已经有很长时间没有见到了。但疫情形势这样紧，吉林老家那边又是中风险地区，要是来回隔离14天，一个月就没有了，还咋工作？"一说这个，他就愁容满面。

"如果不回去咋办？"

"只有当留守人员，早已经习惯了。"他叹了口气，又说道，"干了一辈子送电工，不亏欠谁了，我已经尽力了！"

"你有很多遗憾吗？"

"……太多了。但选择了这份职业，没有办法呀。干完这个工程，我就准备回长春照顾父母，他们年岁已高，也算是一种弥补吧。"

我想起了一句话：父母在，不远游。但周岩告诉我，干工程这行，忠孝不能两全。我在雅江项目工地上听到好多人说过这样的话，此刻，不禁感到一阵悲凉。

说话之间，太阳居然出来了，天地瞬间变得亮晃晃的，焕然一新。远远一看，山壁上的雪开始在融化，一条一条、一绺一绺的，像是挂在上面的哈达；地上的雪也在消融，打开车窗都听得到一种轻微的吱吱声，像是在呼吸。基塔间的电线上有几只乌鸦站在上面，它们一言不发地望着远方，就像我们一样陷入了短暂的沉默之中……

大凉山上的那一场大雪可能真的已经过去了。

西电东送的壮歌

故事还要从头开始讲。

那是在一年多以前，2019年9月23日，一条重要的新闻在各大媒体炸开了——四川第四条特高压直流输电工程全面开建！

新华社记者是这样报道的："雅中-江西±800千伏特高压直流输电工程的四川、云南段线路，日前在四川省凉山彝族自治州盐源县双河乡启动施工。这标志着四川第四条特高压外送通道进入全面建设阶段，工程建成后将极大缓解四川水能发电'弃水'问题。记者从现场了解到，雅中-江西±800千伏特高压直流输电工程是国家电网服务'西电东送'能源战略、保障西部水电消纳、满足中东部地区绿色发展需求的重大输电项目。"

两百余字新闻的背后是一条长达1700多公里、跨越5省的大型输电工程。

雅中–江西±800千伏特高压直流输电工程（简称雅江工程）建成后，每年可实现外送电量超过400亿千瓦时，减少标煤消耗约1600万吨，减少二氧化碳排放约4000万吨。

工程开建了，但我们有必要来回顾一下这个工程的由来。

首先，为什么要建雅江工程？

四川省大部分地区地处横断山脉东麓，山峦纵横，江河密布，雨量充沛，具有丰富的水能资源，这也决定了四川水电大省的地位。全国水力资源可开发量排第一的是四川。在我国规划的13个大水电基地中，西南就占了8个，其中四川境内的金沙江、雅砻江、大渡河三大水电基地，装机容量分列全国第一、第三、第五，也就是说，四川是名副其实的水电能源的富集之地，是一个水能资源的王国。

据统计资料显示，四川省水电资源的理论储量为14268万千瓦，人均拥有电量为6679万千瓦时，是高于全国人均拥有量的3.51倍；如果按国土面积拥有的装机容量，每平方公里可获装机容量213千瓦，是全国平均水平的4.41倍。到2020年底，四川的水电装机容量已达到8600万千瓦，年发电量达3800亿千瓦时。四川水电的底子太厚了，可以傲视世界，睥睨天下。

正因为此，在未来二十年，金沙江、雅砻江、大渡河流域将成为中国水电开发的主战场，一个世界级的巨型水电站群落已然成型。

但是，水电资源不断地开发出来，四川能用多少？

三分之一都用不完！

这就出现了一个新的问题：四川的水电如何才能被全部消化掉？

路子只有一条：必须要在全国更大范围内寻找市场！只有实现优化配置，统筹平衡，才能保障四川水电的全额被消纳，西电东送是重要的国家能源战略。

国网四川省电力公司董事长谭洪恩先生对此有清晰的认识，他说："四川是水电资源大省，有良好的资源禀赋。中国水电经历了20世纪90年代三峡水电开发，到21世纪四川水电能源的开发阶段，目前四川具有近1个亿的装机容量，相当于有6个三峡电站。所以，四川的水电非常富足，必须要往东部送，寻找市场。而现实是东部仍然缺电，需求量仍然在扩大，而供电主要靠四川，巨大的需求催生了特高压技术的产生和发展。"

在没有特高压技术的年代，这个问题永远都是问题，电送不出去，看着优质的水电能源白白浪费，弃水之忧，无法解决。但自从有了特高压后，情况一下就改变了，西电东用成为现实，而这就是为什么要在四川大力发展特高压的根本原因。

从2007年开始，以外送四川水电为主的向家坝-上海、锦屏-苏南、溪洛渡-浙江三条±800千伏特高压直流输电工程开始兴建，这标志着水电真正大规模地走出四川、发挥更大效益的开始。

向家坝-上海特高压直流工程于2007年1月开工，2010年7月投运；锦屏-苏南特高压直流工程于2009年12月开工，2012年12月投运；溪洛渡-浙江特高压直流工程2012年8月开工，2014年7月投运。这三条特高压工程将四川1200亿千瓦时以上的电送往了华东负荷中心，相当于节省标准煤3700万吨，减排二氧化碳超过1亿吨，而将四川水电外送能力提升到2160万千瓦。

特高压盘活了四川的电力能源市场！

一活百活，电力带动的大区域经济联动与发展固然人所共知，但其巨大的经济、社会效益还无法完全用数据来量化。国网公司副总经理刘泽洪曾说，特高压直流工程是起于四川、兴于四川。这是对四川电力贡献的充分肯定。

四川特高压建设项目从一开始就在规模化高速发展，而这两年最引人瞩目的就是"新三直"。

所谓"新三直"，指的就是雅中-江西、白鹤滩-江苏、白鹤滩-浙江这三条±800千伏特高压直流输电工程。它们是国网公司提出实现"三型两网，世界一流"目标以来，四川再次启动的特高压直流输电工程。

"新三直"是相对于"老三直"而言的。

人们习惯把四川已成功建成的向家坝–上海、锦屏–苏南、溪洛渡–浙江三条±800千伏特高压直流输电工程称为"老三直"，加上"新三直"的三条线，四川已经有六条特高压输电线路。这六大工程的投运，对服务国家能源发展战略，融通东西部绿色能源交流，举足轻重，意义重大。

毫无疑问，四川就是中国特高压建设的一块高地。

特高压指挥部副总指挥李伟说："'老三直'的效益得到了充分证明，目前已经突破7000亿的发电量。"

"新三直"工程一旦建成，实际是把四川的特高压输电能力又翻了一倍。

这里面有本经济账可算。"新三直"工程建成后，四川水电外送规模将再翻一番，极大缓解四川水能发电弃水问题。同时每年为地方发电企业增收约350亿元，每年可实现外送电量超1200亿千瓦时，减少标煤消耗4800万吨，减少二氧化碳排放1.2亿吨。

这是一个多赢的新格局，也是国家在能源结构布局上下的一盘大棋。

"新三直"的起点都在四川的凉山州地区，这是因为凉山州地区具有丰富的水电资源，清洁低碳能源可开发量8400万千瓦以上，居于全国前列。

据调查，凉山州地区的水电资源约占全国的15%，四川省的57%，居四川首位，相当于有3个三峡工程的开发量。不仅如此，当地的风能、太阳能资源也是西南地区最为丰富的地区之一，具备建立清洁能源产业基地的资源条件。可以说，凉山州地区的电能资源的富集程度不仅是中国第一，在世界上也是第一，是中国水电的"聚宝盆"。有人曾说"世界水电在中国，中国水电在西南，西南水电在凉山"，绝非虚语。

但凉山州处在偏僻的西南地区，四周均为高山峻岭，受制于外送通道和市场平台限制，始终未能大规模开发。"老三直""新三直"特高压的建设之所以集中聚焦凉山州地区，就是要打破地理的制约，冲出重围，将这里巨大的优质水电能源输送出去。

这是一个改变的开始。

在过去，一直存在重视水电开发，却轻输电线路建设的倾向，输电网络建设相对滞后，就像成片的果林种出来了，却还没有修好把水果运出去的道路一样。

确实，这一地区的大型水电工程建设开发早已经先行一步，走在了前面。以金沙江为例，金沙江下游河段有782公里长，落差达729米，这一地区是我国规划建设的最大水电能源基地。早在1990年，国家就同意在金沙江干流下游修建乌东德、白鹤滩、溪洛渡、向家坝水电站，进行四级开发。这是我国继三峡水电站之后的系列巨型水电站，总装机容量达4646万千瓦，每年平均发电量1900亿千瓦时，是"西电东送"能源基地的骨干电源点。已建成的"老三直"特高压项目，无一不跟这一系列大型水电工程有关，而"新三直"也毫无例外地聚焦于此。

最为耀眼的是白鹤滩水电站，堪称"水电之珠"。

白鹤滩水电站是处在金沙江下游四个水电梯级中最大的一个水电站，位于四川省凉山州宁南县境内，是金沙江下游干流河段梯级开发的第二个梯级电站。水库正常蓄水位825米，相应库容206亿立方米，地下厂房装有16台机组，初拟装机容量1600万千瓦，多年平均发电量602.4亿千瓦时。电站从2013年主体工程正式开工，2021年6月首批机组发电，预计全部16台机组于2022年年底投产。电站建成后，将仅次于三峡水电站成为全球第二大水电站，也是世界在建的综合技术难度最大水电站工程、世界单台发电机组规模最大水电站工程。

毫无疑问，这个"水电超级工程"，将会成为世界级发电基地中的巨无霸。问题是，电"造"出来了，如何输送出去？

"新三直"回答了这个问题。

国网四川省电力公司副总经理、特高压指挥部总指挥王永平认为，在过去，我国的电力行业在一定程度上存在"重源轻网"的倾向，有电送不出去。但是，随着雅江工程、白江工程等投运后，四川水电外送规模大大提高，因为电网的建设滞后问题将成为历史。

不妨以"新三直"之一的白江工程为例。这是一条跨越中国东西5个省市、长达2087公里、总投资约300亿元的电力动脉。工程2020年12月10日开建，途经四川、重庆、湖北、安徽、江苏5个省市，起于四川凉山州的白鹤滩，止于江苏苏州。江苏是用能大省、资源小省，全年全社会用电量位列全国第二，从白鹤滩将电输送到江苏，就是要解决江苏92%以上的煤炭、94%以上的原油、99%以上的天然气依靠外部供应的现状，实现资源均衡。

"新三直"中，雅江、白江、白浙三条特高压工程的规模和投资都旗鼓相当，它们就像是同一个电力家族中的三个兄弟一样，有着亲密的血缘关系。按照工程建设的总体策划，三条线路都将按步骤先后开建，而雅江工程已于2019年9月开工，在"新三直"中第一个拉开了建设序幕。

三条特高压工程就是三条平行的电力走廊，它们将再一次激活四川丰富的水电资源，并真正奠定"西电东送"输电大通道的基本格局，这将是四川电网建设历史的一个里程碑。

雅江工程的开建也就是迈向这个里程碑的第一步。

按照设计，雅江工程起于四川省盐源县，止于江西省抚州市，额定电压±800千伏，输送容量800万千瓦，线路全长1711公里，工程动态投资约240亿元。线路途经四川、云南、贵州、湖南、江西五省，其中四川省内线路208公里，云南省内224公里，而最先动工是川滇两省。

在雅江工程的建设者中，有个叫张跃的年轻人，他是一名文学爱好者，在投身工程建设前，他写了一首《放歌特高压》的诗，充满了豪情，其中写道：

我在溪洛渡诞生

我在白鹤滩孕育

我在雅砻江流域呱呱坠地

高山峡谷是我的家园

滚滚江河是我的母亲

谢谢建设者不远千里而来

为我设计了高大伟岸的筋骨

为我订制了朴实无华的名字……

"建设者不远千里而来"，确实，这是一个建设的时代，呼唤着建设的人们。

千万年来沉寂的大凉山将因为特高压电网工程的建设而沸腾起来，一座座基塔将矗立在山水间，一条条银线将凌空而起，飞越东西。这是个堪称伟大的工程，一经启动，牵动八方，承载着历史与机遇，构架着现实和未来。所以，这是一个有故事的地方，发生着故事，讲述着故事，而故事也在等待着它们的主人。

雅江工程一开工，作为采访者的我就将沿着雅江工程输电线路，穿越川滇的山山水水，在这个400多公里的道路上去寻访那些鲜为人知的故事。

　　　　　　　　　　　一 盏 灯 的 世 界

不眠之夜的访谈

四川省盐源县，位于青藏高原东南缘，雅砻江下游西岸，是大凉山中一座小城。它的历史却非常悠久，在商周及战国时期，就是西南夷中笮人的游牧之地。盐源的得名是因为此地产盐，盐卤丰富，而现在它因为阳光充足、雨水丰沛，是有名的苹果之乡。

雅江工程的起点就选中了这里，让藏在深山皱褶中的盐源突然变得不同凡响。

下海乡是盐源县并不起眼的一个小乡镇，四周是连绵的大山，唯独在此处有一个比较平整的坝子，是天生的一块平地，正好符合建设电网换流站的大面积占地要求。

换流站指在高压直流输电系统中，为了完成将交流电变换为直流电，或将直流电变换为交流电而建立的站点。用通俗的话来讲，换流站就相当于是电网的枢纽中心，雅江工程换流站选址在下海乡，相当于把电网输送的心脏放在了这里。

2019年9月底，原本静悄悄的乡镇一片欢腾，旋挖机、凿岩机、电动提土机、柴油发电机的轰鸣声打破了四周的宁静。

这是雅江工程四川段首基塔基础浇筑现场的场景，这标志着四川第四条特高压输电工程——雅江工程进入全面建设阶段。

浩大的工程将汇集成千上万的建设者，单四川、云南段线路工程就有来自全国各地的4家设计单位、6家施工单位和2家监理单位参加建设，而每一家施工单位下面都有几百上千的工人在一线奋战。

　　开工是喜庆的，但建设者们都知道，一旦拉开战线，后面无数个艰苦奋战的日日夜夜正在等待着他们。

　　从下海乡那一块平整的地方出去，便是一望无际的山峦，而那闪耀的银缆将从这里飞越千山万水，跨越大半个中国。线路所过之处将面临复杂的地理形势，单雅江工程四川、云南段线路就要途经大凉山、乌蒙山，地形非常复杂，气候多样，地质断裂带纵横交错，施工难度极大。

　　这是一个任务艰巨的工程，雅江工程是双±800千伏满负荷输电工程，也就是等级和容量都要达到800千伏，这在技术上又上了一个台阶，是特高压直流的升级版。同时，按照国家电网公司的要求，这也将是一个"新时代样板工程"，必须要在2021年中全线贯通。

　　如何来实现这个目标呢？可以用24个字来概括：精心组织、科学推进、安全可靠、优质高效、平安环保、拼搏奉献。这是紧紧围绕工程建设目标而需要始终坚持的建设方针。同时，还要充分运用工程"十大保障体系"，解决工程建设施工难题，紧盯工程目标节点，高效率推进工程建设，确保雅江工程的顺利完成。

　　为了工程靠前指挥的需要，国网四川省电力公司将特高压工程建设指挥部设在了西昌，这是工程管理指挥的中枢。我的采访就是从这里开始的，而我要想采访的第一个人自然就是总指挥王永平先生。

但在采访前有个小插曲。之前我一直都想见一下王总，但前后几次到西昌都错过了。他是个大忙人，工作繁杂，来去匆匆。本来已经约好的采访时间，因为他的时间被占得满满的而被推迟。

这天，王总正好在西昌指挥部，见他的时机出现了。但我从早上等到下午也没有见到他。他这天从早到晚开了一整天的会，一直开到了晚上7点。我想今天大概又泡汤了，也就放弃了采访的计划，选择到邛海去散步。

但到晚上8点的时候，突然接到电话，说现在就去见面。听到这个消息我马上往回走，等快步回到指挥部时，才知道王永平刚刚简单吃了点东西，就挤出时间来接受采访。工作了一天，他应该很累了。我突然觉得有点打搅他，有些不安。

见面是在会议室，走进来的时候，他手中拿着两个杯子，一个里面装着熬好的中药，这让我有些吃惊。而我们的话题就是从这个中药杯子开始的。

"王总，您在吃药？"我问。

"哦，有点小毛病。"

王永平好像并不太在意他手上的药杯子，人很和蔼、质朴，给人一种实在感，谈话也轻松起来。

作为项目统帅，王永平的经历是丰富的，生于1964年，十六岁便考上重庆大学；1984年毕业后到甘肃电力设计院工作时才二十岁，后又到电力管理单位，这一干就是三十多年。

他这三十多年正好见证了中国特高压发展的历程。

雅江工程是王永平亲历的第四个特高压项目，之前的三个项目是哈郑工程（哈密南–郑州±800千伏特高压直流输电工程）、昌古工程、九韶工程。值得一说的是昌古工程（昌吉–古泉±1100千伏特高压直流输电工程），这个起于新疆昌吉，止于安徽宣城市古泉，线路途经新疆、甘肃、宁夏、陕西、河南、安徽六省（区），全长3319公里，输送容量1200万千瓦的特高压工程项目，是当时世界上电压等级最高、输送容量最大、送电距离最远、技术水平最先进的特高压直流输电工程。王永平全程参与了这个工程的建设。

毫无疑问，王永平有着丰富的输电工程建设和管理经验，但雅江工程对王永平仍然是个巨大的考验，每一步都如履薄冰。

"每个工程的情况都不一样，不可能复制。"他的表情有些严峻。

在王永平看来，每个工程都有其特殊性和复杂性，而作为管理者，必须要关注的有几点：

一是在专业技术上的提升。新技术、新装备不断涌现，技术创新已成为潮流，而这还需要不断地学习和提高。

二是建设环境不一样。一方面是外部地域环境的变化，气候、山川、水文地质在长距离、大空间跨度上的差异很大，而雅江工程地处四川、云南的高山大岭之中，施工难度很大。另一方面是内部管理环境的变化，对环保、水保、拆迁（环境友好）等方面的管理水平要求越来越精细，管理规范越来越严格。"一年一年都在变，这是大势所趋。"他说。

三是工程集中度明显增大。随着特高压建设的加快，在四川同一个地区，三条特高压将连续启动，工程的规模集中、体量巨大，是叠加推进，要实现无缝对接，争分夺秒，有应对风险上的难度。

其实，除了王永平提到的以上三点外，雅江工程还面临着施工区域的外部环境的挑战，存在着三大"重叠"难题，或者说三大矛盾：

一是重点工程的重叠。凉山是贫困地区，国家脱贫攻坚的力度很大，重点建设项目也在不断地落实和建设。就在雅江工程建设的同期，2019年8月，凉山风电项目在美姑县正式开工，这个项目总投资近35亿元，将建设总装机31.8万千瓦的3个风电场，修建跨越近200公里的4条送出线路。与此同时，为了发展旅游，木里游艇项目采购运输也在这个时间段，这就给大件运输带来了难题，所有的大型、重型装备都要在一条路上运输。而通往凉山的道路常常是山间小路，崎岖难行，一台大件运输车在行驶过程中就可能导致无数次的道路阻塞，而有时一堵就是大半天，行驶困难。

二是与旅游运输旺季与自然风险期的重叠。按照工程进程，在工程施工的高峰期正好是雨季来临的时期，常常与洪水、泥石流、森林火灾、地震等自然灾害不期而遇。此时也是凉山的旅游季节，凉山自然风光秀美，有螺髻山、泸山、邛海、马湖、泸沽湖等著名的湖山，其中还有三个国家级景区和自然保护区：邛海-泸山国家级生态旅游示范区景区，螺髻山-邛海国家级风景名胜区，大风顶国家级自然保护区，这都吸引着世界各地的游人。一到旅游季节，也是外地游客蜂拥而至的时期，旅游观光车辆川流不息，这无疑为运输造成了一定的难度。

三是与扶贫攻坚项目、国家支援贫困地区建设的重叠。凉山州7个贫困县、300个贫困村全部在凉山彝区，未脱贫的17.8万贫困人口占四川省脱贫任务的87%。凉山一直是深度贫困区，一直被视为四川脱贫攻坚战中的最后一块"硬骨头"，所以国家在扶贫资金、项目、政策上一直对凉山倾斜。雅江工程是个"过路项目"，对当地的经济发展无直接拉动作用，在施工之中要解决的占地、拆迁等问题却非常现实，这就存在一个国家能源长远战略的实施与地方经济发展现实利益的矛盾，如何协调这对矛盾，要开展的攻坚工作可以说涉及每一个项目组，每一个工程点。

王永平说，要破解这三大难题或矛盾，需要社会各界的支持，特别是当地政府和老百姓的支持。而来到这里的建设者们必须使出十二分的努力，因为他们将要付出的努力也许比其他地方更多。不过，他认为这次的参建者是任务艰巨，

一 盏 灯 的 世 界

而使命光荣，他相信每个人都带着一个梦想而来，在他们离开的那一天将会骄傲而去。

说到这里，王永平并不讳言他的忧虑，他说："在专业上，我很有信心。但这个项目参建队伍多，安全压力大，同时我又是初来乍到，人生地不熟，面临很大挑战。"

确实，他过去长期在甘肃工作，调到四川后对他的挑战不小，这是一个新的环境，也是一个新的战场。

王永平日常工作特别忙，常常在车上、飞机上睡觉"充电"。他的司机后来告诉我，王总有时为了中午多休息一下，只吃几颗花生米填肚子，怕吃饭耽搁时间。但就是在休息中，他也会常常从脑袋里跳出一些问题出来，可能是他遇到的问题太多了，总被问题死死纠住。

"没有办法，已经成了职业习惯。"他摊了摊手。

在工程前期，王永平还担负着线路经过各省的协调工作，他曾亲自带队去跑手续，前前后后有一年多时间。当时随同去贵州办事的一位工作人员，天天早上8点便去政府门口蹲守，风雨无阻，尝遍了办事之难的苦楚，但没有办法，一个地方卡住，工程相关批文就办不下来。在这位工作人员的手机中，至今还留有自己在办事期间穿短袖和穿棉袄的照片，为了跑批文，他在那里经历了春夏秋冬。

"不吃饭、不送礼，我们只能用诚心去感动对方，最后他们真的被我们感动了！"后来那位工作人员讲起那些艰难的过程，仍然感慨万千。

开头就这么难，雅江工程一动工，不知道还会遇到多少问题。但在谈话中，王永平的眼睛很明亮，闪烁着一种坚毅。

雅江工程是王永平在四川主管的第一个项目，接下来还有白江工程、白浙工程。三条±800千伏特高压直流输电线路，将新建±800千伏换流站3座，新建±800千伏线路5991公里，总投资约860亿元。这确实是一个前所未有的大项目，放在世界任何一个国家都是重量级的工程。

但这个大工程涉及的资金、人员、管理、技术等都是复杂和具有挑战性的，方方面面王永平都需要去认真对待。而工程中只要出现任何重大问题，他都要无可推卸地担负领导责任。这是他肩挑的重担，而事业和责任让他必须坚强前行。

"我们干的是国家大工程，所以需要有一点牺牲精神。"王永平说。

说起来，王永平对四川并不陌生，祖籍成都，小时候还在成都读过小学，留下了很多儿时的记忆，所以对四川他有一份特殊的情感。他希望能够为四川的电力建设贡献一份力量，这也许就是他心中一个温暖的愿望。

"干完这几个工程，我也差不多该退休了，到时我就去好好旅游一圈。"说这话的时候，王永平才显得有些放松。

他最大的爱好是自驾旅游，认为旅游是最好的休息，王永平的愿望是以后退休后去实现一个旅游计划，游遍祖国的大好河山。

谈话之间，不知不觉就到了晚上10点过，我突然感觉到王永平的生活工作是无法分开的。实际到我们结束谈话时，他才把杯中的药喝了下去。一种歉疚感在我的心里油然而生。

夜已深，喧闹的一天已经结束，他真的能马上安然入睡？

而刚才的采访确实有些让我兴奋，关于四川水电，关于雅江工程，关于中国输电事业的未来，这让我想到了很多很多，而这又会不会是个不眠之夜？

书生情怀

"认真监护基坑状况，随时向我报告！"

就在雅江工程四川段N0021基塔基础浇筑的施工现场。施工班组长裴勇在大声指挥着，他正在有条不紊地指挥着队员们操作旋挖机进行坑基开挖……

雅江工程正式动工了，连机器的轰鸣声仿佛也有十足的精神气，响亮而兴奋。

在大凉山这块历史悠久的西南边地上，隆隆的机器声唤醒的不仅是沉寂的土地，也是这个土地上追求幸福生活的人们的梦想。雅江工程到底能够给这里带来什么？这是一个值得思考的问题。从长远来看，电网作为当代社会经济生活的标志，已经将现代性深深地植入了这块古老的土地中。

在施工现场，国网四川电力特高压指挥部常务副总指挥胡国强的神情有些肃然，因为工程的开工，就意味着之后几百个日日夜夜的煎熬和奋战。但胡国强仍然表现出了足够的信心，对在场的新闻记者说道："经过前期半年多的紧张准备，目前我们的参建人员已全部到位，机具设备也已经全部进场，所有的建设计划都正在全力以赴地推进中……"

胡国强在说这话的同时，雅江工程指挥部下设的5个专业部门和6个现场业主项目部，已经按照项目部署在分赴各个建设点位，并高效运转起来，一张建设的大网已然铺开。

"特高压是中国的一张名片，我们要把这张名片打造好。"

我见到胡国强的时候，是在西昌指挥部里。一张方桌，两杯清茶，我们的交谈就是从"特高压名片"开始的。

胡国强是电力战线的老员工了，1988年毕业于成都科学技术大学，后到宜宾市电力局工作，从班组、基建、生产、调度等干起，在基层历练多年，一直干到领导岗位，后来又任四川省电力公司机械部副主任，参加了多项重点输电工程的建设，具有丰富的建设管理经验。在他三十多年的电力生涯中，胡国强目睹了中国电力的巨大变迁，见证了中国电力从"小渔船"到"大军舰"的过程，所以谈起雅江工程，他的感触很多：

"1度电有10元以上的经济效益，多输出1度电，对全社会都是贡献。

"四川的水电需要输电大通道，雅江是第四条大通道，它能够解决攀西地区的水电、光电、风电资源外送。四川的特高压主要分布在大凉山区域，这对发展贫困地区经济，搞好资源优化，实现共享经济都具有重大的意义。

"在雅江工程上，我们一直在做管理模式优化，其特点就是集团化运行、属地化管理、专业化支撑，改变了过去计划性、行政性的管理方式。

"在做'老三直'时，技术设备国产化只有60%，而雅江工程，我们已经做到了100%，这对建工企业的发展帮助太大了！从引进到推动，是个巨大的飞跃。

"中国经济在高速发展，电力不能拖后腿，要有超前意识，我们要把电网做得越来越大、越来越强！"

……

胡国强的话，客观、清晰，可以说是对中国的特高压发展充满了信心，这也包含了一个电力建设者的美好憧憬和庄重承诺。

胡国强小时候用过煤油灯，那种贫穷落后的记忆一直刻在他的脑海里。后来他到了电力单位工作，就有一个信念，要为电力事业做点有意义的事情。

胡国强身边的同事都觉得他做事务实，有书生气质，也因此，让人"敬而远之"。那天，我们的交谈非常坦诚，我直截了当地问胡国强怎么看待别人的这个看法，他的回答很简单，他喜欢在同事朋友之间、上下级之间、业务单位之间都是一种清清爽爽的关系，君子之交淡如水，要看淡名利，实实在在做事。

作为一线的工程管理者，胡国强参与的工程不少。2013年到2014年，他在甘孜参与了艰辛的工程建设，那里的海拔高达三四千米，但他一年有四个月待在里面，缺氧、喘不过气，有明显的高山反应。在那种环境下，别说干活，就是静静待着都不容易；有时去一个两三百米高的塔位，常常要爬一个小时，边爬边喘气，"心脏像出了问题，感觉拖不起身体"，但他还是挺了过来。

那时候，长时间待在大山里面，要回一趟家不容易，而他的父母都是八十五岁以上高龄的老人，需要人照顾，他却回不去，非常无奈。胡国强告诉我，他的父母从小对他的教育很严格，也影响了他的成长，教他做人要清清正正，做事要踏踏实实。正是因为他的出色工作，曾获过向家坝-上海特高压示范工程的个人勋章，这是一个用实干换来的荣誉。

"牺牲是少不了的，但干事业就需要事业感，要成为中坚力量，就不能随波逐流，我愿意保持一种书生的本色。"胡国强说。

其实，雅江工程的施工难度比甘孜项目更为艰巨，大凉山的地理形势、复杂程度甚于川藏地区。但在他的心里，雅江工程是特高压建设的2.0升级版，这是中国特高压项目中又一个在技术、管理等方面有不少提升的大输电工程，各界都高度关注。作为雅江工程最核心的管理者之一，他有自己的看法，但他最直接是谈如何管理这个庞大的工程。

干大工程就要有大魄力、大思维。首先，在项目管理中要做到策划先行，精准施策；其次，在过程管理中要专业化运营，其中安全是核心。输电工程是高危、高风险行业，要树立安全极限思维，红线思维。胡国强讲到他早年亲眼看到的一起电力事故，"其惨状至今都历历在目，不堪回顾"，所以他常常讲的都是安全，没有安全，所有的工作都没有意义。

同时，质量也是他特别强调的。质量是工程的生命线，必须要对施工工艺严格管控。雅江工程是新时代工程，这是对中国电力成就的一份献礼，除了对国家经济的巨大促进作用外，还有崇高的建设意义。要保证安全和质量，依法依规管理就非常重要，同时对技术进步应该大力提倡，采用现代科技手段，推进模块化建设，机械化施工，不断优化现场施工水平。

在雅江工程采访期间，同很多人谈起特高压，虽然工程艰巨，工作环境艰苦，但无不感到作为建设者的自豪。胡国强也不例外，"新三直"是他们的心中的一张宏伟的蓝图，装下了千山万水，而从雅江工程开始，银色的电缆又将连接着东西南北，承载着中国经济的腾飞之梦。

"在80年代，像我们这样的大学生，都有一种强烈的使命感，为中华之崛起而奋斗，到现在这个梦想还没有丢掉，还在继续。我想这才是民族精神的动力。"他说。

那一天，同胡国强谈到最后，我们也顺便聊到了他的业余生活。他告诉我，平时工作很紧张，但只要有闲暇之时，他还是喜欢去读一些书，特别是喜欢看一些历史、文学方面的书籍。可能是干专业太久了，成天跟技术打交道，也需要调剂一下精神生活，思考一些人生和社会的问题。

其实，他在说着这些的时候，我能够感受得到他身上的一种情怀，而这样的情怀恰巧就是雅江工程应该有的内涵。

风雨中的输电人生

每一个建设者，都有一个属于他们自己的电网故事。

工程开工了。由于分工不同，每个岗位各负其责，分段，分队，分组，分工种。要把工程沿线全部情况详细说出来的人可能不多，而特高压指挥部工程技术部主任李崇斌就是其中一个。

见到李崇斌是在一个下雨天，5月后凉山就进入了雨季，而工程正好也进入高峰时期，这给施工带来了很多困难。

李崇斌显然是最挂心的人之一，因为整个雅江工程川云段数百公里线路，所有的技术信息都将汇集到他那里，与他息息相关。

川云段横跨四川的盐源、德昌、普格、金阳、昭觉、布拖，以及云南的昭通、彝良、镇雄等多个市县，主体工程开挖了多少基塔？浇筑了多少？组塔了多少？而每一座基塔的施工完成情况都可能受到天气的不同程度影响。就像当天，川1段就下起了绵绵细雨，而雨一旦下大，现场作业就会亮起红灯，施工自然就会受到影响。

灰蒙蒙的下雨天，让我们的话题也有些沉郁。这样的天气也许更适合怀旧，李崇斌给我讲起了他当年的工地往事。

"当年为了施工，翻山越岭，有些地方是悬崖峭壁，行路极其艰险，常常一爬就是几个小时。晚上住帐篷，山中蚂蟥多，毒蛇多，听得见狼叫，上下山都有危险。我参加工作五年后都在动摇，真的不想干下去，确实是干不下去！你想想看，一个刚毕业的学生跟一线工人没有任何区别，下坑，上塔，搬钢筋，一样都不会少。这还不说，没有住的，只好在村民家借住，有时挤不下，只能睡猪圈，下面就是猪槽和粪坑，臭气熏天，简直是苦不堪言……"

雨，滴滴答答，仿佛把他们当年艰苦的工作情景又拉了回来。

"送电工就是苦，没有别的！"李崇斌感叹道。

李崇斌在送变电战线上工作了二十多年，1994年参加工作，参与了220千伏工程到现在的1000千伏工程，功率翻了5倍，见证了电力的发展。还经历了直流1100千伏、交流660千伏（新疆、福建）等项目的建设，是真正的老电力人。

他认为送电工的真实生活就是一部辛酸史。

长期在野外生活，风湿病、胃病是常见病，而家庭不和谐是最大的问题：年轻小伙子整天在野外，交女友难；结了婚的，妻子只有独守空房；老婆生孩子，人却在工地走不了；有了孩子，等回到家时，孩子喊的是叔叔，心都凉了半截……李崇斌在一线干了十年，在管理部门又干了十年，安全、技术、质量、后勤都干过了，从乙方到甲方，从施工到建管，二十多年就过去了，青春已不再。

讲到这里，我突然想起了在项目上采访的时候听到的一些故事。

一个是黄鹏相亲的故事。黄鹏是个在工作中非常认真的小伙子，到了婚娶的年龄却一直没有谈上对象。这一天，经过朋友撮合，又为他介绍了一个姑娘，而这一回黄鹏为了给女方留下好的印象，专门去美容店美了容。确实，经过精心打扮的黄鹏变得好看了很多，给人不错的印象。但在见的过程中，却出了一个问题，因为大热天的，而黄鹏却把风纪扣扣得严严的。当时女方感到很奇怪，就对他说，这么热，你为什么把扣子扣那么紧？黄鹏很不好意思，只好解开领口，结果露出黑黑的脖子，那是在输电工地上日晒雨淋的结果。女方一见，大惊失色，而之前的好感瞬间打了折扣。

还有一个是一线技术员工的故事。他告诉我，他的妻子在城里银行工作，常常加班，有时要到很晚才下班。有一次，她下班后走在深夜的路上，但有段黑路没有行人，很害怕。当时，她穿着高跟鞋，踢踢踏踏地走着，老感觉后面有人。于是，她就给远在工地的丈夫打电话，给自己壮胆。而丈夫也一直在电话中鼓励着妻子，让她不要放下电话。两人就一直通着电话，直到妻子走到了一个光亮的地方，才听见她说"好了，没事了"，但这时，丈夫突然感到了一种无力感，瞬间泪流满面。

像这样的故事，在送电员工中有很多，讲起来是一把辛酸泪。电力人也是平常人，他们要面临很多家庭问题，诸如家里灯泡坏了却无人去换等。为了万家灯火，却独守漫漫长夜，这可能是一般人很难想到的。他们的困难非常具体，孩子、老人一旦生病，而男人还远在工地一线；好不容易回趟家，又可能因为紧急情况得马上赶回工地。

"过去孩子还小，每次回家，他说得最多的是'爸爸好久不在家了'！"李崇斌说。

话虽然不经意，却会让每一个当父亲的人难过，心如针尖在扎。野外作业，长期在外，子女教育的缺失也是问题，孩子的学习几乎管不到，哪怕是老师请家长，他们也只能无奈缺席。最重要的是孩子对父爱极为缺乏和渴望，长期见不到父亲，当然会说"爸爸好久不在家了"！歉疚，对家人永远的歉疚，这就是一线电力人内心的伤，这都不是钱能够弥补的。

说到这里，又让我想起了在项目部听到的关于王泽贵的故事。

王泽贵是有名的抢险能手，抢险是个非常辛苦的工作。当年在617林场，路断了，他们只有半口袋土豆，没有食物供应。这半袋土豆得吃二十多天，必须坚持到通车为止。后来路通后下山，王泽贵再也不吃土豆，每次看到土豆就反胃。抢险是个非常危险的工作，有时在工地上抢险，他一边抢险，一边哭，心想自己处置危险，为了完成任务将生死置之度外，孩子却在家中嗷嗷待哺。

王泽贵是个乐观的人，常常对人说要学会苦中作乐。他喜欢照相，工地上常常有美景，他会随手拍一些，闲时翻看是一种享受。有一回他老婆翻看他的相机，偶然发现里面有一张雪地里的图片，雪地上画了一个"心"，下面写着："老婆女儿我爱你！"王泽贵的妻子被感动得偷偷抹泪。以前总是埋怨他不顾家，不理解他的工作，而丈夫内心的爱是如此浓烈。所以，当这次参加雅江工程，就在王泽贵离家准备去工地前，她为丈夫默默准备药物、行李，送他去车站。这是因为她相信自己的丈夫深爱着自己和家。

那又是一个看似平常，却对他们而言难舍难分的时刻。

对输电行业一线员工而言，确实是个苦行业，也确实有不少人离去了，一去不回头。但没有人会责备他们，因为这里面更多的是理解，因为他们也挺过、付出过，那些汗水和血泪都变成了飞越群山之间的银线。他们肯定也会有很多的不舍和怀念，因为他们也曾有过青春和生命的奉献，那可能是一生中最为珍贵的记忆……

"那么，是什么让你留了下来？"我突然问他。

"这就是命！"

李崇斌今年才四十多岁，脸却显得很沧桑，那是一张被风霜雪雨磨砺过的脸。

说到这里，李崇斌颇为动情，他说送电工奉献很多。虽然他现在已经干到了项目技术主要负责人这一重要岗位，但他仍然说起自己曾经多次想放弃，去过一种有家庭温暖的生活。

"假如当年你不干送变电这行，你会选择去做什么？"我又问。

"我是学技术的，可以去干很多事，应该要比这行轻松。"

他留了下来，不敢说如今的选择是最好的，却是命中注定的。大概人的一生有很多东西无法用言语去表达，但一定有个东西在暗中引导着你向前走。人生际遇就是有一个看不见的磁场在吸附着你，让你一直往前走，别无选择。

留下来了，挺过来了，才有了今天的见证。

李崇斌坦言，电力行业发展到今天，情况好太多了。因为国家的整个经济水平提高了，生活条件变好了，施工条件已经大大改善，已非当年可比。而且，就他个人而言，也成为大型输电工程建设上的栋梁人才。这二十多年他亲历了整个电力行业的发展历程，可以说他就是其中的一位书写者，这里面又不能不说有一份苦尽甘来的光荣。

我们的话题转到了输电技术的发展和变化上，那是他的专业，信手拈来，李崇斌一谈起这些就轻松了很多。

到底有哪些变化呢？他随意谈到了几点：一是输电技术是从低到高，从高到低，升压站、降压站这都需要技术的支撑，现在已经解决得比较好了；二是在输电设备上，导线已经使用1250mm，实现了更小的损耗，安全性也更好；三是工器具的研发上有很多进步，效率提高了，对现场作业的改善也大；四是施工技术的提升，过去根本处理不了的，且是难度叠加的，如两端10公里的长度跨越，利用物联网技术、无人机等现在都有了办法，都在技术上有了突破……

谈到这些的时候，李崇斌显得容光焕发，他对未来的电力发展充满了期待。

雨仍在不停地下着，越来越大，屋檐已经连起了雨帘。

这段时间整个大凉山地区都在下雨，让人有些忧心忡忡。一下雨不但延误工期，而且安全隐患也大，山里的施工队伍是他最为担心的，他们毕竟奋战在一线，可以说是赤裸裸地与天地搏斗。

"一下雨最担心的是安全，山下下雨，山上可能就是下雪、积冰。这里的大山都在海拔两三千米以上，不说施工，上下山都困难。"李崇斌说。

我们又谈到了正在建设中的雅江工程。对一般人而言，雅江工程只是个大概念，而在李崇斌的脑袋里，装的全是数据，是细节。在雅江项目川云段中，四川有430座基塔，线路长约有208公里，云南有549座基塔，线路约长224公里；总体工程量需要混凝土10.7万方，塔材11.5万吨……只有当这些数字最后凝固下来，不再变化，甚至变成大自然一样的存在，才可能是李崇斌感到安全的一天。

根据所在区域的地理、气候等特点，李崇斌的"不安全感"来自几个方面：一是安全风险，大凉山地区属于高原气候，比较干燥，进入冬天草一干枯，存在森林火灾风险；二是交通运输风险，山区一到秋冬季节雾区多，能见度低，道路上存在暗冰；三是现场施工风险，地理条件险恶，地形差异大。

那些天，正是工程组塔最忙碌的阶段，下雨让高空作业变得困难，但他们已经有了充分的应对措施。李崇斌告诉我："在基塔作业上，对基础方案，塔形方案都有具体的要求，对单独作业点必须要做到'一案（方案）一措（措施）一票（工作票）'，并对现场进行视频监控，定位安全帽，我们要求施工队伍必须把安全工作做到很细。"

说完这些，他不禁望着雨天，神情又严峻了起来。李崇斌的忧虑是外人不知道的。

"唉，这雨不知要下好久？"他有点自言自语。

但我知道，这二三十年的风风雨雨他就是这样走过来的。

二、百年沧桑：一盏灯的岁月

长夜漫漫，人类只能与满天星斗为伴。没有电的世界，漆黑而漫长。

百年以前，一盏灯出现了，它就像种子一样，破开黑暗的土地，长出了光明的枝芽。

从一盏灯到万家灯火，电力人就是把一盏盏的灯种下的人，他们是光明的园丁。

一根线，连接着世界；一张网，覆盖着城市、村庄、工厂、学校……

灯，光照着世界；电，改变着世界。从高压、超高压、特高压，几代人为之奋斗，为之皓首白头。线一直在延伸，网一直在扩展，而电的历史仍在不停地书写。

过去，有刻骨铭心的历史；今天，有拼搏奋进的历史；未来，有成就辉煌的历史……

而它们，应该被人们铭记。

一 盏 灯 的 世 界

百年电力沧桑史

特高压是个新事物，外界的人知之甚少，其实在中国电力发展中，它也不过是二三十年间发生的事情。那么，特高压是怎样出现和发展的呢？在世界电业上，中国特高压又处于什么样的位置呢？

2008年12月15日，路透社在中国特高压工程系统负荷试验之前向全世界发布了一份电文，其中说道："中国计划在2020年时建成一个特高压电网，这项计划应当可以使这个世界第二大电力市场满足其日益增长的需求，并出其不意地抢在那些在升级老电网方面行动迟缓的西方国家的前头。"

十二年前，中国的电力并不发达，这封电文却有敏锐的"发现"，因为它不仅勾画了中国电力发展的一张蓝图，而且很准确地预言了中国电力科技的目标。

什么是特高压电网？专业的解释是指交流1000千伏、直流±800千伏及以上电压等级的输电网络，它的最大特点是可以长距离、大容量、低损耗输送电力。

对于一般人而言，要理解这句话可能还有一定难度，因为这涉及一定的专业性，那我们先从特高压的重要性说起吧。

过去，有人曾经把中国当代重大科技工程做了一个排序，分别是原子弹、宇宙飞船、特高压工程。前两者是国防科技，后者是国家经济战略科技，涉及国家能源大格局，也关系到了民生事业。与原子弹、宇宙飞船相提并论，这说明了特高压非同小可。

2020年3月，国家提出了要加快新型基础设施建设进度，"新基建"就是区别于过去的传统基建项目的新事物，这其中就包括特高压、新能源汽车充电桩、5G基站建设、大数据中心、人工智能、工业互联网、城际高速铁路和城市轨道交通等七大领域，而特高压位列第一。

毫无疑问，特高压非常重要，甚至是重中之重。既然特高压这么重要，它是怎么来的？目前是什么状态？以后又如何发展呢？

这就得把中国电力发展的历史简单从头做一点梳理，这就得回到百年以前，也就是说，我们要从世界上出现的第一盏灯开始说起。

人类使用电是在19世纪初。1800年，伏特发明第一个化学电池；1831年，法拉第制造了最早的发电机——法拉第盘；1866年，西门子制成第一台使用电磁铁的自激式发电机；1870年，格拉姆制成了环形电枢自激发电机供工厂电弧灯用电；1875年，巴黎北火车站建成世界上第一个火电厂，用直流发电供附近照明；时隔四年之后，即1879年10月，爱迪生将第一盏白炽电灯展现在世人面前，人类从此结束了蜡烛和煤油灯的时代，一个光明的时代来临。

中国在使用电灯上其实并不算落后。1882年7月26日，上海外滩到虹口一带的灯杆上突然点亮起了十五盏电灯，明亮、绚丽地照亮了夜空，吸引了无数的市民围观，他们的脸上充满了兴奋，指指点点，久久不散。这一夜是中国人的不眠之夜，也是中国最早使用电灯的开始。

也在这一年，英国商人立德尔招股5万两白银，从美国克利夫兰的布拉什电气公司购买了一台12千瓦直流发电机，在上海创办了第一家公用电业公司——上海电气公司，这家公司只比法国巴黎北火车站电厂晚建七年，比英国的电厂晚建六个月，但比圣彼得堡电厂早一年，比日本要早五年。上海作为中国最早与文明世界接轨的地方可谓一枝独秀，而它就是中国电力的萌芽之地。

远在京城的皇宫内，也在开始"触电"，宫墙深深，但它在享受文明成果上并不落伍。1888年12月，李鸿章从丹麦购进一台15千瓦的发电机，让紫禁城里的慈禧也用上了电灯，为此还专门成立了西苑电灯公所。这个新鲜的科技产品，当时放在世界上任何一个地方都算是最时髦的玩意儿。

电灯带来的是科技的进步和现代文明的照耀，也带来了各地的电厂兴建热。

1890年黄秉常兴办广州电灯公司，1899年德国人库麦尔兴办青岛电灯厂，1900年冯恕兴办京师华商电灯公司，1910年张人骏兴办金陵电灯官厂，1911年租界工部局建杨树浦电厂，1915年董世亨兴办浦东电气……星星点点的电灯无疑是最为直接的近代性输入，它将落后、黑暗的中国大地照亮。到辛亥革命前，中国已有电厂80座，发电设备总容量37000千瓦；到1937年前，中国电力又有了一定的发展，全国已有461个发电厂，发电装机总容量为63万千瓦，年发电量为17亿千瓦，初步形成了北京、天津、上海、南京、武汉、广州等大、中城市的配电系统。

抗日战争和解放战争，导致经济全面崩溃，电力作为社会发展的基础被打断了，只有东北和西南地区极为少数的地方在进行电力工程建设。

关于这段历史，笔者还曾经亲历过一件事：2009年，七十多岁的著名钢琴家鲍蕙荞来到四川乐山，去寻找她当年的出生地——岷江电厂。我曾陪她去了那一片正在拆迁的工业遗址上。当年，她的父亲鲍国宝就是这个电厂的创始人；而这个1922年毕业于美国康奈尔大学的高才生，曾经是南京首都电厂的厂长。抗战爆发后，他就到了西南大后方继续进行电力建设工作。那是一个特殊的年代，筚路蓝缕，艰苦奋斗，他的身上体现的就是中国第一代电力人的奋斗精神。

在积贫积弱的旧中国，没有振兴电力的实力，鲍国宝纵有报国大志，但也生不逢时。到1949年前，全国发电装机总容量仅184万千瓦，人均用电量仅7.94千瓦时，相当于一台立柜空调工作4个小时，比印度的人均发电量10.9千瓦时还低，而当时美国的人均发电量已经达到了2949千瓦时。

从1949年到改革开放前的1978年，中国电力进入了一个非常缓慢的发展时期。1978年，全国的发电装机总容量为2565万千瓦时，其间经历了苏联援助等历史时期，整个国家的经济水平很低，自主研发极为有限，当时100兆瓦以上发电机的生产技术，已经算中国最好的了，而这与世界先进国家的距离是十万八千里。那时候，鲍国宝已经是电力工业部、水利电力部科学技术委员会主任，算得是中国最权威的电力专家了，但他面对这样的情况，也只有望洋兴叹。

到1980年后，随着改革开放的到来，面对差距巨大的现状，只有改变思路，打开国门，所以决定引进西方先进的技术来帮助民族电力工业的发展。不久，中国第一机械部通过艰难谈判，与西屋电气和美国燃烧工程公司分别签约，购买对方相关电力产品设计和制造工艺；1981年，电力部又从美国依柏斯库工程公司引进了电站设计技术。这两件事堪称是中国电力历史上的一道分水岭，因为从那时开始，中国才真正开始接触世界先进的发电机制造技术。

它山之石，可以攻玉，这是中国电力真正进入比赛跑道的开始。

中国人在学习接纳国外先进电力技术的过程中，又开始转向全面国产化的进程，在消化国外300兆瓦和600兆瓦机组技术的同时，又实现了多项技术攻关，逐渐掌握了主动。中国经济的腾飞，与电力技术的助力密不可分。在后面的二十多年时间中，国内每年的电力增长量连年翻番，从400亿千瓦时一直到了800亿千瓦时。到2010年，发电量已经达到42017亿千瓦时，当之无愧地成为世界第一。到2018年，中国的发电量占全世界的26%，超过美国发电量63%，也就是在短短的四十年间，中国电力已经发生了翻天覆地的变化，结束了长期落后于世界的局面。

发电量上去了，输电技术也在紧跟着发展。

输电又是另外一种技术，从专业上讲，在电的使用上会根据输送电能距离的远近，采用不同的高电压。一般来说，在15—20公里时一般采用10千伏电压，50—100公里左右采用35千伏电压，在100公里左右时采用110千伏电压，输送电距离在200—300公里时就要采用220千伏的电压输电，而输电电压在110千伏以上的线路，都将采用超高压输电线路。

超高电压是现代电力工业发展水平的重要标志之一。它是指330千伏至765千伏的电压等级,即330（345）千伏、400（380）千伏、500（550）千伏、765（750）千伏等各种电压等级。打个比方，汽车制造技术上去，对公路的要求也就相应提高了。过去是乡间公路，后来是柏油马路，又到省级大件路，最后就发展到了高速公路。超高压输电就是电力的高速公路，它的出现是发电容量和用电负荷增长、输电距离延长的必然要求，随着电能利用的广泛发展，许多国家都在兴建大容量水电站、火电厂、核电站等，而电力资源又往往远离负荷中心，只有采用超高压输电才能有效而经济地实现输电任务。

　　　　　　　一 盏 灯 的 世 界

西方在超高压输电技术方面远远走在前面。1952年，瑞典首先建成了380千伏超高压输电线路，全长620公里，输送功率45万千瓦；1965年加拿大建成735千伏的输电线路；1969年美国实现765千伏的超高压输电。在直流输电方面，苏联于1965年建成±400千伏的超高压直流输电线路，此后美国、加拿大等国又建成±500千伏直流输电线路。1985年苏联建成±750千伏直流输电线路，输送距离2400公里，输送功率600万千瓦，是当时世界上规模最大的超高压直流输电线路。而中国的第一条±500千伏直流输电线路——葛上线（葛洲坝到上海）是1989年投入运行的，比西方先进国家晚了二十多年时间。

随着高压、超高压直流输电技术的逐步完善，电力技术的不断发展，在超高压的基础上催生了特高压输电的诞生。在这一方面，美国、苏联、日本、意大利等国家最早也是走在前面的，但进入21世纪后，中国在发展特高压上的步伐明显加快了。

2006年，中国首个最高电压等级特高压交流示范工程——晋东南-南阳-荆门1000千伏特高压交流试验示范工程开始建设，全长640公里，纵跨晋豫鄂三省，2009年1月6日顺利通过168小时试运行。这是中国在特高压建设上的里程碑，从落后到超越，仅仅用了二十年时间。

不仅仅是超越，还要领跑，这就是中国电力的奋斗目标。2020年初，国家电网公司投资4000亿元以上建设特高压工程，这将带动社会投资8000多亿元，整体规模将达到1.2万亿元。据预计，十四五期间特高压线路长度将增长到40825公里，可以说在规模和发展速度上，中国特高压已堪称是一枝独秀。

毫无疑问，中国一跃而成为电力最发达的国家之一，而其间经历的，就是从第一盏灯到现在所走过的风雨之路。

走出海外的电力人

见到林勇，是在位于西昌的特高压工程项目建设指挥部。

中等个头，戴副眼镜，略显文弱，这是他给人的第一印象。但是一讲起话，就有点滔滔不绝的感觉，他在好几个国家干过输电工程，肚子里有一大堆故事。

一杯清茶，话匣子就打开了。

林勇并不是工科男，在跨入电力行业之前，对电完全是门外汉。他跟电力的结缘完全来自一个偶然的机会。

林勇毕业于四川外语学院，学的是英语，当时他最想的是出国，然而他却进入了电力系统工作，感觉有点八竿子打不到边。但不久机遇居然就出现了，当时四川送变电公司正好有对外业务，需要懂翻译的人，林勇就有了发挥特长的机会，顺利走出了国门。

林勇第一个去的国家是巴基斯坦，前后两次，近八年时间，按他自己的话来讲是"丰富了人生经历"。也是在那里，他见证了中国电力从低压、超高压、特高压的发展过程。

林勇第一次到巴基斯坦是1993年。当时巴基斯坦的电力水平高于中国，因其在历史上曾是英联邦的一个省，执行的是英联邦的电力技术标准，专业方面领先于中国。既然不如人家，你去人家那里干什么呢？确实，在巴方看来，中国来的并不是什么高级技术人员，不过是一群劳务工人而已。但林勇他们有自知之明，他们是带着学习的心态走出去的，想的就是出去开眼界，看西洋镜。

林勇出国的时代，正是中国电力刚刚开始闯海外市场的时代。但是，你拿什么去闯？你真的有本事去闯吗？这是个无法回避的问题。

林勇给我讲了一个真实的故事。当时东北某输电公司作为承包商参加了一个海外电力建设项目，可是干到一半，发现亏损太大，困难重重，便萌生了"跑路"的想法。但人员走到边境，就被中国大使馆挡了下来，要求他们必须把工程干完，因为这涉及中国的声誉和形象。最后是咬牙做完了工程，还算没有丢脸，但承受了巨大的亏损。在遍布荆棘的海外工程市场中，中国人不是去赚钱，而是先要去交一笔昂贵的学费。

林勇当时参加的是巴基斯坦大都–古都500千伏输电项目，对他们而言那是技术含量很高的工程，其实这样的项目在巴基斯坦并不鲜见，有很多条，而在中国却是屈指可数。

林勇之前曾参加过天贵线（广西天生桥水电站到贵阳变电站）的建设，那是国内的第一条高海拔500千伏超高压输电线路，已经是中国最为先进的输电线路了，但在人家眼里并无任何过人之处。按照林勇的说法，在去巴基斯坦时，他们确实就是国际二三流的劳务分包商而已。

出了国，才知道欠缺，要学习的东西太多。林勇的主要工作是担当书面翻译和现场交流翻译，但在实际应用中却发现自己是哑巴，与学校所学有不小的差距。刚开始时，由于在语言、技术术语等方面都存在障碍，翻译非常困难，林勇的压力很大。那时候，林勇白天要工作，晚上要翻译技术条款合同，非常辛苦，而且生活条件也差，他没有想到出国竟然不是过去想的那样美好。好在人年轻，有朝气，不怕吃苦，且抱着的目的就是学习，而中国电力就是在这样的情况下"走出去"的。

说到这里，林勇哂了一口茶。

"走出去了，才知道走出去的难！"他推了推眼镜，继续说道。

到了异国他乡，首先是对工程建设的自然环境非常不适应。最直接的是天气，巴基斯坦属于热带气候，降水稀少，气温普遍较高，气候条件恶劣。4、5月国内大部分地区正是风和日丽之时，而巴基斯坦的气温却高达40度，人一出门马上就会被晒脱一层皮。高温之下，蚊虫也厉害，它们长得比苍蝇还大，叮上一口，奇痒无比，彻夜难眠。

　　　　　　　　　一 盏 灯 的 世 界

其次是社会环境恶劣，恐怖组织非常猖獗，存在巨大的人身安全隐患。大都–古都500千伏输电项目工程合同约定是三年完成，但他们实际用了五六年时间，这中间主要是由于巴基斯坦的政治环境不稳定，是西方社会普遍认为的恐怖活动高危地区，爆炸、暗杀、扣押等事件屡屡发生。

林勇就经历了一次针对中国人的绑架人质事件。当时的情况是他所在项目的三名中国电力技术人员被反政府武装分子绑架，对方要勒索150万美元，这在当时相当于2000多万人民币，是一笔很大的数目。后来在巴基斯坦政府军的配合下对武装分子进行了围剿，救出了人质。这件事情给工程施工人员的心理造成了很大的压力。虽然为了保护中国人，巴方军队又特意在项目工地旁驻扎了一个旅的兵力，但仍然心有余悸。实际上，威胁一直存在，并没有真正解除，因为林勇所在项目部后来还不时收到匿名恐吓信，他们出门都要通知巴方军队，让其配备士兵跟随保护，担心再出现上次的惊险一幕。

再就是语言交流问题，这也是很大的障碍。

曾经与林勇一起在海外工作的周远华，担任财务管理工作，讲述了自己的一次亲身经历：有一次，周远华与同事们去离工程驻地比较近的城镇购物，然后准备返回驻地，由于购物一开心，结果逛街迷路了，便找到一个当地老大爷问路，开口就问："大爷，去海德拉巴怎么走？"对方听不懂，周远华心想他是不是听不懂四川话，马上改为用普通话问。但对方还是听不懂，一脸懵然。周远华突然反应过来，这是在国外呀，才迅速改口，马上让同事用英语去跟对方沟通。

在柬埔寨搞电网工程建设时，周远华除了做财务工作，也要管后勤保障的工作。他去菜市场买菜，但语言不通，很不方便，为了讨价还价，他每次都带个计算器。当看上一种菜时，双方要讲价，他就让对方按一个数字，然后自己再按一次数字，等点头表示同意，然后才成交。但每次把菜买到手，都要费不少心。

1997年，林勇从巴基斯坦调去了柬埔寨，参加援助环金边输电工程建设。当时柬埔寨的建设环境也很差，是"世界上最不发达国家之一"，电力工业基础薄弱，经过二十多年的持续战争，国家变得千疮百孔。林勇去的时候，柬埔寨还没有形成统一体系的电网，电力极度短缺，正好又遇到政治变革时期，武装力量各持一方，输电线路正好在两军对垒的现场，枪弹交错，时常听到枪炮声大作，人心惶惶，十分危险。洪森执政后，国内逐渐安定，情况才稍有好转。但柬埔寨的经济发展比较缓慢，国家很贫穷，钱财主要集中在寡头手上，工程因为私人利益很难推进，几乎也无利可图。在柬埔寨，其实学不到新的电力技术，更多是援建性质，跟在巴基斯坦有很大的区别，这是林勇亲身的感受。

虽然中国在援建一些经济落后的国家，但在电力技术进步上，仍然艰难而缓慢。在2000年之前，中国几乎拿不出像样的电力产品，在国际上没有竞争力。林勇举了个例子，当年沈阳制造的一台变压机只卖1000万美元，在投标中还可以讲价，而西门子要卖1亿美元，价格最高，且不接受讲价。所以，老外常常贬低中国的产品，说是中方在推销"便宜货"，讽刺之语非常露骨。也因此，在海外招投标过程中，常常被人家以中国产品价格太低而不予接纳，场景让人非常尴尬。

那是一段不堪回首的往事。输电设备落后，输电技术水平低，在海外输电项目投标中基本没有竞争力，主要靠劳务承包为主，仅仅只能为国家赚取一些外汇而已，但这就是当时中国电力的真实状况。

1998年底林勇回到了国内，参加了二滩电站500千伏超高压输电工程昭觉-普提开关站的建设。在那里，他最深的感触是项目采用的是国际上最为先进的设备，如法国阿尔斯通、德国西门子、美国GE和日本东芝的产品，中国的产品质量确实差很远，无法跟人家相比。但中国人不愿自甘落后，有差距就知道追赶，那是一个中国人奋起直追、充满朝气的时代。当时中国电力正是大发展的阶段，购买世界一流的电力设备，学习西方先进的电力技术，在后面的时间内，中国电力的进步加速了，很快就让人刮目相看。

当林勇于2002年重新回到巴基斯坦时，好像又回到了十年前的那个国度。他惊讶于当地的状况依然如故，一点改变都没有，富人很富，穷人很穷，家族制垄断经营制约了国家重要能源建设，而电力状况几乎停滞不前。

电力研究专家牟海磊、杨柳一就曾在《巴基斯坦电力市场现状浅析》一文中写道："巴基斯坦电力市场不仅饱受发电不足的困扰，且电网系统落后，电网容量与发电容量不匹配与极高输配电的线损率，制约了电力系统的发展。巴大部分输变电线路及设备安装于上世纪70-80年代，之后由于政府财力不足，维护资金缺乏，有的地区甚至从未进行过升级改造，使得电力运输过程存在巨大损耗。"

当年林勇是带着学习的目的到的巴基斯坦，而后来他感受到中国电力已经超过了巴基斯坦，其间的变迁不过十年时间，真的是突飞猛进，说"三十年河东、三十年河西"好像还长了一点。

"要再去，我们就是老师，就是给对方传递最新的技术，而要学习的则是他们。"林勇说。

中国人渐渐有了走出去的实力，"走出去"已成为常态，但在海外输电项目这么多年，林勇的感触还是很多。总的来说是在风土人情、法律法规、环保要求、劳工薪资等方面，都与中国存在着不小的差异。如国外的劳动法规定工资是按小时算，每周工作五天，星期六、星期日加班要加倍给工资，工作期间还要有下午茶时间，而且工人的使用上必须要有当地劳工等；又如在地区与地区之间，凡是大件运输，要缴纳过境税，这无疑增加了建管成本；再如电网线路穿过很多地方时，环保要求很高，如垃圾需要分类处理，这对粗放管理提出了严格的要求，稍有不慎就会面临罚款。刚开始中资公司还缺乏这方面的意识，很不适应，处处碰壁，吃亏不少。最让中国人担心的是工程到了竣工之后，质保金往往很难拿到，对方会以各种理由设置重重障碍，求告无门之下，辛苦赚得的一点薄利竟然泡汤，而这就是走出国门在海外搞建设的真实遭遇。

四年之后，林勇再次返回国内时，让他真正感受到了中国电力的蓬勃发展。

话说到此处，林勇的眼睛亮了起来，刚才的压抑一扫而去。他又呷了一口茶，继续滔滔不绝地讲了下去。

从2000年到2010年是中国电力新的一个阶段，发展的脚步加快了。电力设备逐步实现国产化，先进电力技术逐渐掌握在手，而在参与海外项目建设中逐渐有了话语权，特别是在一些东南亚、非洲、拉美国家的输电项目工程中屡屡中标，中国人的身影出现在了世界各地的输电建设工地上。

到2010年后，再上层楼，又一个阶段开始了，这一阶段是中国电力高歌猛进的时期。

从国外回来后，林勇又连续参加了宁夏灵州-浙江绍兴±800千伏特高压直流输电线路工程（简称灵绍线）、酒泉-湖南±800千伏特高压直流输电线路工程（简称酒湖线）、淮南-上海±1000千伏特高压交流输变电工程（简称淮上线）三个特高压输电项目的建设，这让他对中国电力的发展，特别是特高压有了更多的认识。

岁月匆匆，一晃近三十年过去，当年的年轻人、现在五十出头的林勇已经算是老电力人了。他告诉我，中国特高压的前景很乐观，他非常看好。一是国际经济的发展，要靠能源来推动，电力是重中之重，需求很大；二是中国电力在海外发展这么多年已经积累了不少经验，度过了"血本阶段"，有后发优势；三是中国特高压产品技术走在了世界前沿，"价廉物美"，为人青睐。

这些年来，中国提出了全球"国际能源互联网"的宏大构想，特高压就是中国电力领先于世界的一张名片。作为一个曾经长期在海外电网建设一线的亲历者，林勇经历了中国电力变迁最大的这三十年，说天翻地覆也不为过。但他认为中国的特高压建设还应继续练内功，为世界奉献中国人的智慧，用最成熟的技术，为世界减少碳排放做出新贡献。不过，林勇也坦言，虽然目前电力产品已经实现了90%的国产化，但在一些核心部件上，如绝缘材料上，西方技术仍然有待超越。

再给中国一个十年，将会如何呢？

茶有些淡了，一个上午很快就过去了。也许这样的故事还需要十个这样的上午来慢慢聊，当然，十个也是不够的，因为那些故事可能永远也讲不完。

2019年，林勇作为国电四川公司业主方参加了雅江工程建设。就在这一年，中国在巴基斯坦建设的默拉±660千伏特高压直流输电线路工程已经竣工，这是巴基斯坦的第一条特高压项目，几乎全部采用中国设备、中国技术和中国标准。这可能是林勇在1993年刚到巴基斯坦时完全想不到的，而时间仅仅隔了二十八年，他的海外经历印证了中国电力那一段不平凡的岁月。

中国来到特高压时代

中国电力在跨越式发展中取得了丰硕的成果，靠的就是特高压。

其实，说到世界电力从诞生到现在，时间并不长，也就两百多年，它经历了从低压到高压，又从高压到超高压的过程，而发展到今天又有了特高压。对于长期落后于世界先进国家的中国，走上快速发展的道路，就在来到特高压这一过程中。

我们不妨来说说特高压的发展历史。但要完整讲述这段历史，可能需要厚厚的一本书。如果要看到中国电力的发展历程和建设成就，可以通过下面的一些输电工程中的重大事件，来大致勾勒特高压发展的轨迹。

电力的发展，就是一个电压等级、输电容量不断提升的过程。简单说，也就是不断"升压"的过程。

1935年，美国首次将输电电压等级从110～220千伏提高到287千伏，出现了超高压输电线路。当时的中国，绝大多数地方都还没有用上电，甚至很多人还不知道电是什么东西，而西方已经出现了高等级的输电线路，这样的差距实际也是当时的中国同先进生产力的差距。

超高压输电的加速发展是从20世纪50年代开始的。

1952年，瑞典建成二分裂导线的380千伏超高压输电线路；1959年，苏联建成500千伏，长850公里的三分裂导线输电线路；1965—1969年，加拿大、苏联和美国先后建成735、750和765千伏线路；1985年，苏联首次建成1150千伏特高压输电线路，输电距离890公里。很快，美国、意大利、日本也分别在建设特高压线路上取得了进展。

而中国是在1981年才有了第一条±500千伏超高压输电线路，它就是从河南平顶山至湖北武昌的"平武线"。这条线路在1981年12月建成投入运行，起端是河南省平顶山市姚孟电厂，终端是凤凰山变电站，全程594公里。这在当时已经是中国电压等级最高、线路最长、输电能力最大、技术最新的高压输变电工程，但这与西方的技术差距最少在三十年时间以上。

也就是说，中国直到到了超高压时代，与世界先进电力强国的差距都是非常巨大的。那么，中国电力要赶上甚至超过世界一流水平还有机会吗？有。

那么，有在哪里呢？在特高压。

特高压输电代表的是最先进的电力技术，它不仅用于远距离大容量输送电能，而且在大范围的联合电力系统中，起着主联络干线的重要作用，这是世界电力发展的趋势。

特高压是在超高压的基础上更进一步，那么它的好处又在哪里呢？

据国家电网公司提供的数据显示，一回路特高压直流电网可以送800万千瓦电量，相当于现有500千伏直流电网的4到5倍，而且送电距离也是后者的2到3倍，因此效率大大提高。此外，据测算，输送同样功率的电量，如果采用特高压线路输电可以比采用500千伏高压线路节省60%的土地资源。节约了能源，节约了走廊，特高压这一新的电力技术又是一个飞越，而它是中国电力大有作为的领域。中国要成为世界一流的电力强国，必须在特高压上下功夫，因为它是中国电力翻身的机会。

中国对特高压输电技术的研究始于20世纪80年代，经过十多年的攻关，2009年1月6日，我国自主研发、设计和建设的具有自主知识产权的1000千伏特高压交流输变电工程——晋东南–南阳–荆门特高压交流试验示范工程顺利通过试运行。这标志着我国在远距离、大容量、低损耗的特高压核心技术和设备国产化上取得重大突破，对优化能源资源配置，保障国家能源安全和电力可靠供应具有重大的意义。

这条世界上首次投入运营的特高压交流线路全长640公里，电压等级当时是世界最高的，达到了1000千伏，输送的电能是500千伏的5倍，而输送过程的电能损耗和占地面积都可以节省一半以上，整个工程的投资比500千伏的线路节省三分之一。这也可以看出，特高压在商业化中的经济优势，它确实代表了世界电网技术的最高水平，是能源领域一项高科技含量、高经济价值的技术。

但是，1000千伏特高压交流输电技术不是常规输电技术的简单升级，它的电磁、电晕、过电压及变电设备、电抗、绝缘、防雷击系统在设计上是焕然一新的。更重要的是，特高压是在国家政策的大力支持下，在国家电网公司规划和主导下，同时集合了中国各方面的科研、设备制造、施工建设的力量，经过了艰苦的奋斗，才取得的瞩目成就。

晋东南–南阳–荆门特高压交流试验示范工程是中国的第一条特高压交流线路。该工程于2006年8月取得国家发展和改革委员会下达的项目核准批复文件，同年底开工建设，2008年12月竣工，系统调试投入试运行后，运行情况良好。仅仅在几年之后，2015年12月，锡盟–泰州±800千伏特高压直流输电线路工程在兴化开工。而紧接着，陕北–晋东南–南阳–荆门–武汉的中线工程，淮南–皖南–浙北–上海的东线工程，四川–上海±800千伏特高压直流输电示范工程等也接连动工修建，从此拉开了中国特高压建设的高潮。

值得一说的是2016年开工建设、2018年底全面竣工的昌吉–古泉±1100千伏特高压直流输电线路工程，它在电压等级上比800千伏特高压又提高了一个等级，输送容量为1200万千瓦，每年可向华东输电660万千瓦时，按此功率输送，可点亮4亿盏30瓦的电灯。该项目起于新疆昌吉回族自治州昌吉换流站，止于安徽宣城市古泉换流站，线路全长3293公

　　　　　　　　　　　　一盏灯的世界

里。这条线路创造了很多个世界之最，至今都是世界特高压的标杆：电压等级最高、输送容量最大、输电距离最远、技术水平最先进。

在特高压上，中国电力确实是打了个翻身仗，而中国电力真正从世界电力之林中崛起，应该说就是在这二十年不到的时间中完成的。

中国需要特高压技术，特高压对我国的经济有极其重要的意义。我国幅员辽阔，地理条件殊异，能源供给与能源需求的区域不一致，特高压的用武之地正在于此。在中国，西北地区的煤电、西南地区的水电极其丰富，而东部地区的经济发展走在前面，要把电力输送到东部地区，特高压解决了电力远距离输送的难题。

电力作为其他一切工业的基础，如果没有它的领先发展，就会阻碍其他产业的发展，对宏观经济带来滞缓的影响。从电力发展可以看到国家工业和经济发展水平。在中国，特高压项目已经出现了两轮集中核准与建设期，第一轮集中在2008—2009年，第二轮是在2014—2017年。到如今，车轮滚滚，一往无前，第三轮已经来到。

根据2020年2月份国家电网发布的《2020年重点工作任务》，国家电网核准了南阳-荆门-长沙、南昌-长沙、荆门-武汉特高压交流，以及白鹤滩-江苏、白鹤滩-浙江特高压直流等七条特高压工程。

同时，在2020年，国网公司特高压建设项目投资规模达到了1128亿元，带动社会投资2235亿元，整体规模近5000亿元。

特高压市场空间巨大，一个工程动辄数百亿规模。2016—2018年这几年中，我国每年特高压工程建设完成投资600-1000亿元，而近年投资还在增加，这也就是为什么特高压会被纳入"新基建"的原因。根据《国家电网2020年重点电网项目前期工作计划》，在一两年间有望核准7条特高压线路、开工8条特高压线路，全年特高压建设项目明确投资规模1128亿元。

不仅如此，十四五期间还将核准开工10交10直线路，预计十四五期间特高压总投资3000亿元，年均600亿元，线路长度将从2019年的28352公里增长到40825公里，前景之广阔，可以说中国电力已经进入了高速发展的特高压时代。

中国电力行业在海外业务的发展如何呢？

进入2000年，国家电网公司的海外业务已经覆盖了菲律宾、巴西、葡萄牙、澳大利亚、意大利、英国等国家，并建成10条与周边国家互联互通输电线路，与俄罗斯、蒙古、哈萨克斯坦、巴基斯坦、朝鲜等周边国家建立了紧密的合作。就在这一阶段中，一系列的海外大型输电工程项目都被中国人拿下：埃及国家电网升级改造输电线路工程、埃塞俄比亚-肯尼亚±500千伏直流输电线路工程、土耳其-伊朗联网直流背靠背工程、老挝万象±500千伏环网输电工程、英国设得兰群岛柔性直流联网工程等。

不仅帮人家建，也直接参与经营，海外电网投资运营项目也取得了重大突破。2012年5月，国家电网公司收购葡萄牙国家能源网公司（REN）25%股权，实现中国电力企业首次入股欧洲国家级电网公司；2013年4月，通过收购和增持获得澳大利亚南澳输电公司46.56%股权；2014年11月，收购意大利存贷款能源网公司35%股权；2017年1月，收购巴西最大配电和新能源公司——CPFL公司54.64%股权；2017年6月，收购希腊国家电网公司24%股权等。截至2017年，境外投资已达154亿美元，境外资产568亿美元。

辉煌的成就不是偶然的，总是从多个方面反映出来。通过近二十年的飞速发展，中国电力已经在规划设计、工程建设、装备制造、技术标准等方面走在了世界的前沿，形成了全产业链"走出去"的国际产能合作模式，电工装备出口到80多个国家和地区，并在国际上率先建立了完整的特高压交直流、智能电网技术标准体系，主导编制了几十项国际标准。

巴西美丽山±800千伏高压直流输电线路工程项目最能展现中国电力海外建设的实绩，我们不妨来讲一讲。

巴西的水电能源非常丰富，世界排名前六大水电站中就占了三座。但它的水电资源主要分布在西部和北部，而负荷中心集中在圣保罗、里约等东南部地区，需要2000公里以上的远距离输电，这是巴西选择特高压的主要原因。

巴西美丽山水电站是世界第四大水电站，装机容量1100万千瓦，正好是三峡水电站（2240万千瓦）的一半，略小于排名第三的溪洛渡水电站（1386万千瓦）。美丽山水电站的送出工程要途经巴西帕拉州、托坎廷斯州、戈亚斯州、米纳斯州和里约州等五个州，沿途有81个城市，将亚马逊区域的水电输送到里约热内卢，这是巴西历史上最大的输电项目，项目动态总投资约25亿美元。

为了拿下这个项目，中国国网公司进行了周密的计划，因为巴西很早就在伊泰普水电站（世界第二大电站）送出工程上使用了±600千伏直流输电技术，拥有当时世界上运行最高电压等级的交直流并联电网。中国在筹备建设三峡输电线路的时候，曾派了很多技术考察团前往学习。时过境迁，中国的特高压已经取得了巨大的进步，但要想说服对方，顺利中标，还需要做各种精心准备，因为世界上还有不少强劲的商业对手，他们也想拿下这块巨大的蛋糕。经过四年多的努力，中国国家电网在2014年2月最终中标。

巴西美丽山±800千伏特高压直流输电线路工程项目是中国首个在海外的特高压直流项目，也是目前世界距离最长的±800千伏特高压直流输电线路工程。一期工程2017年12月投运，二期工程2019年9月投运，这条贯穿巴西南北的"电力高速公路"能够将美丽山水电站超过三分之一的电能输送至巴西东南部的负荷中心，构建巴西电网南北互联的大通道，满足1600万人口的年用电需求。

关键还在于，美丽山项目实现了中国制造，使用电力材料、电器设备大部分国产化，且是非常成熟的产品。这条线路的示范效应太大了，它相当于在国际上为中国特高压做了个大大的广告，不仅证明了中国电力已经具备了世界尖端技术水平，同时宣告了中国电力在世界舞台上已经成为重量级的竞争者。确实，如今的中国电力已经不再是二三十年前的情况了，这样的成就让世界瞩目。但中国并没有停下脚步，因为特高压的快速发展还在让中国继续在前面领跑。

水起大凉山

2019年9月23日，工程川云段首座基塔基础浇筑，这标志着雅江工程正式开建。这一工程是中国特高压发展的又一例证，也是中国电力发展的缩影。

雅江工程起源于四川，自然也是四川电力发展中的重要部分，是四川向世界展示中国电力成就的又一件"作品"。

作为雅江工程建设的主力，国网四川公司承担了建管任务，提前介入，勇于担当，主动作为。这是因为水电的输出地就在四川，所以我们有必要来回顾一下这个工程背后的四川电力史。

光绪三十一年（1905），在成都银元局内，时任四川总督的锡良，购买了一台小型发电机，以蒸汽传动发电，供院内照明，点亮了四川的第一盏电灯。

1906年，陈雍伯等人集资30万元在成都筹建启明电灯公司。1908年，其子陈养天继承父业，派人从天津购回7.5千瓦发电机组，次年7月在成都中新街安装发电，供南新街和东大街一带照明用电，装灯300盏，每晚供电5—6小时。

1921年，税西恒受杨森之聘，在泸县境内的洞窝瀑布修建水电站。向德国西门子洋行订购水轮发电机组，于1925年建成发电，开创了四川水电建设的先河。

1944年2月，建成宜宾通往自贡的33千伏输电线路，为四川第一条电压等级最高、距离最长的输电线路。

1950年12月，四川建成第一座35千伏变电站，由宜宾电厂送电至宜宾纸厂。

1970年5月，从龚嘴电站至豆坝电厂的四川第一条220千伏线路建成投产。

1980年2月，在中华人民共和国成立后第二次水电资源大普查的基础上，完成了《中华人民共和国水力资源普查成果》第18卷的编撰任务，首次查明四川省可开发水能资源占全国的26.8%，居全国第一。

1998年，四川建成第一条500千伏输电线路工程——二滩500千伏送出工程。线路全长1400多公里，穿越大小凉山高海拔、重冰区，技术和施工难度堪称世界之最。

2002年5月，四川第一次实现川电东送。起于500千伏龙王变电站，途经四川、重庆、湖北、江西、江苏、浙江、安徽，最终到达上海500千伏南桥变电站，全长2525公里，创下我国500千伏超高压输电线路最长纪录。

2010年7月，向家坝–上海±800千伏直流输电线路工程

　　　　　　　　一盏灯的世界

（简称向上工程）成功投运，这是四川的第一个特高压工程。

2015年，800千伏锦苏、复奉、宾金三大特高压直流输电线路和500千伏德宝直流输电线路首次同时满功率运行，全年外送电量突破千亿千瓦时。

2020年，四川全口径外送电量达到1364.43亿千瓦时，外送电量连续四年超过1300亿千瓦时，水能利用率达到95.4%，进一步加速了国家清洁能源示范省建设。

……

这是一份四川电力发展的简史，它勾勒出了在一百年中四川电力走过的路，并清晰地展现了四川在全国电力中的资源优势和发展潜力。

实际上，到近些年，四川电力发展的迅猛势头才真正展现出来。

中国水电能源高地在四川，在未来二十年中，中国的特高压建设高地也在四川。

"老三直""新三直"，六条电力走廊横贯东西，已经摆出了纵横捭阖的气势。

"老三直"建好四年之后，"新三直"又开始动工兴建，从"老三直"到"新三直"，这中间有太多的故事。

一个大型输电项目工程从开始到投运，一般要经过可行性研究、评价、立项、申报、核准、设计、设备购置、施工、调试、验收等程序，要经历决策阶段、设计阶段、招标阶段、施工阶段、竣工验收阶段等，这是一系列复杂的过程。但在实际情况中，有些程序不能按部就班，而是要提前进行，因为建设周期、节点将会影响投资成本和运行效益，所以对项目的预见性特别重要，但这中间是与风险相伴的，投入并不等于收获。

"不能等，时不待人，雅江工程在核准手续迟迟没有下来前，我们已经做了大量的工作！"国网四川电力特高压指挥部副总指挥李伟这样说。

他说这话的时候，项目已经建设快一年了，但回想之前走过的路他还是有些感慨。

雅江工程在立项前存在不少问题，考验着决策者们的能力和智慧，它有不少的难点需要攻克，而这些难点主要集中在两点上。

首先，雅江工程是过路工程，需要当地出力相助，而且很多事情确实要下大力气才能解决。李伟回忆，为了尽快拿下项目，当时国网四川公司的领导去邻省协调关系，跑到对方省会城市无数次，来回跑，1月好几趟，但事情还是推进缓慢。他记得当时为了等人办事，怕错过时机，就干脆守在门口等，一天一天地等，一个问题一个问题地解决。那时候，为了推进办事效率，领导们亲自在政府各个机构里穿梭，跟外卖小哥也差不了多少，连守门的保安都熟悉了，每次看到他们挺辛苦的，还主动跟他们打招呼。

"项目就是这样磨出来的！"李伟说。

这个身材高大的北方汉子、电力建设行业的少壮派，已经在多个项目前线摸爬滚打了很多年，但面对工程前期筹划的艰难他还是感慨颇多。

其次，李伟也谈到了送电方式的协调问题，这也是难点，且是外界看不到的难点。因为它反映了各方利益的不平衡，具体来讲就是涉及是点对网，还是网对网的问题。

原来，每个电源点之间因为自然禀赋的不同，存在一些电能供应质量上的差异，如三峡公司就要点对网，也就是要选择性供电，获取主动权。而四川是电力能源大省，各地的电能资源有一定差异，如白鹤滩电站一旦在2021年丰水期建成，电价会便宜一些，这样就会影响其他发电站的利益。所以为了均衡电网，从大局出发需要网对网，而这样的矛盾实质是掌握电价结算权的问题，各方为此而寸步不让，经过持久的谈判，才逐渐协调认同，最终达成协议。

讲到这里有人会问，"雅江"是何意？它指的是雅砻江中游水电送往江西之意。与白鹤滩水电站对接的白鹤滩–江苏、白鹤滩–浙江两条特高压不同，雅江工程的配套电源是雅砻江中游的多座水电站。

雅砻江发源于巴颜喀拉山南麓，经青海蜿蜒流入四川，于攀枝花汇入金沙江，是金沙江的最大支流。雅砻江干流全长1571公里，天然落差3830米，流域面积近13万平方公里。雅砻江以滩多水急著称，水量丰沛，自然落差大，存在着巨大的水电资源，而在中国十三大水电基地规划中装机规模排名第三，仅次于金沙江水电基地和长江上游水电基地。

但为什么要把雅砻江中游的水电输送给江西呢？

这是因为江西一直是缺电的省份，电力供应严重不足，而随着社会经济的发展，需求又极为旺盛。在2019年夏天用电高峰时，江西省有关部门还呼吁居民节约用电、减少用电负荷，并实施了奖励制度，供电紧张到这个程度，也反映出江西是个巨大的电力需求市场。

雅江工程就是为针对这一市场而诞生的。雅砻江流域水能理论蕴藏量为3372万千瓦，其中四川境内有3344万千瓦，占全流域的99.2%，而雅砻江中游从两河口到卡拉河段的水电装机可达1153.8万千瓦。雅江工程的建成，完全可以大大缓解江西对电的需求，从而实现点对网的电力供应。

更为重要的是，雅江工程的建设，将结束江西是我国中东部地区唯一没有特高压省份的历史，实现江西电网的提质升级。通过配套特高压交流华中联网工程，实现江西与湖南利用西部水电、风电互济，搭建江西联通西南、华中地区的"电力高铁"，打通江西参与全国大范围电力资源配置的战略通道。

那么，雅江工程跨越千里，作为主要的建设管理单位，国网四川公司是如何部署这一工程的开展呢？

水电资源来自四川，国网四川公司自然是建设主力军，从规划、设计、施工都承担着重任，四川段、云南段部分地区就是由四川公司承担建设任务。但在整个工程中，由于战线漫长，根据属地的情况，其他相关省份的电网建设单位也参加了建设，汇集各路精英，充分调动各种资源。

雅江工程还在酝酿之前，国网四川公司未雨绸缪，已经在为工程开工做充分的准备了。为全力推进工程建设，超前谋划，成立了工程领导小组，并从四川公司范围抽调精干力量，专门组建了特高压工程建设指挥部，构建起精干高效的建设管理体系，制定了顺达通畅的管理流程，将工程建设中的职能管理、专业管理和现场管理有机衔接起来。可以说，他们的每一项工作都要比工程制定的节奏快了一拍。

就在项目核准前，2019年春，在西昌城边上，在一个并不引人注目的小楼中，特高压工程指挥部就落脚在了这里。很快，首批从国网四川电力公司下属的各个单位、部门抽调的38名参建人员迅速到位，集中进驻办公，前期工作拉开了序幕。

指挥部下设5个专业部门和6个现场业主项目部，这些部门的人员中不少有丰富的输电工程建设经验，身经百战，他们是工程建设的骨干人才。同时，有不少年轻的面孔加入了工程建设，他们是一股新生力量，为建设队伍带来了朝气蓬勃的气息，而这样的人员结构，既充满了新鲜的活力，也保证了前行的动力。

指挥部不仅是个精细的管理团队，而且是一支能征善战的队伍，因为他们在整个工程进程中实现了管理覆盖，虽然有工程周期所限，但他们不会受时间的影响，始终保持了高度的团结性。

"一个好汉三个帮，我们是支特殊的队伍，是独立团。"总指挥王永平说。

　　他说当初在挑选人员上就是挑选有经验、有能力的人才，要能征善战，这是因为他们要做大事，必须要依赖团队的力量。

　　王永平认为，对中国电力行业来说，他们目前面临的形势是从瓶颈期到了发展的拐点，而作为其中的每一名建设者，他们都担负着时代的重任，这也许才是这个团队所需要也应该有的精神内核。也正是有了团队中的每一个人的强烈认同感，才会在艰巨的任务前变得更加目标明确、意志坚定。

　　确实，在来到雅江工程前，不少人还没有到过大凉山，对他们而言这是一块陌生的土地。他们抛妻别子来到这里，随着项目迁移转战在此，将开始一段新的生活。

　　新的任务、新的挑战等待着他们，但这是一群特殊的人群，能够穿云破雾，能够接天连地，而他们的舞台就是那些广袤的山川大地。也许，只有在这时，他们才会在心里默默地说：我们来了！

三、穿云破雾：一盏灯的道路

　　山上，没有路；水中，也没有路……

　　路，在雨中，在雾中，也在云中。

　　这样的路，没有多少人走过，但电力工人无数次走过，因为基塔就矗立在雨中、雾中、云中，电线也穿梭在雨中、雾中、云中。

　　他们的身影，也会随之模糊、朦胧和缥缈。

　　生命却变得厚重和坚实，为了架设电网，翻山越岭，没有路也要走出路；一座座基塔矗立起来，一条条电线连接起来，飞越了一座又一座山、一道又一道水，他们的路千里万里。

　　电力人走过的路，就是人间的一条光明之路。

工程考察小分队

2019年8月23日，雅江工程取得国家发改委核准。但在还未核准之前，前期准备工作已陆续启动，调研考察马不停蹄。

2019年7月底，国网四川省电力公司董事长谭洪恩奔赴大凉山，他是专程来调研指导前期工作的。

这一行，他先是前往二滩水电站实地考察，了解电站生产运营和电量输出等方面的情况。接着，谭洪恩又参观了位于攀枝花市的中国三线建设博物馆，了解攀枝花建市之初的艰苦历程和全国各地支援三线建设的辉煌历史成就。正值凉山彝族火把节期间，他又来到对口帮扶村——凉山州喜德县阿吼村，为村民们送上节日的祝福。特高压工程将从这片土地上穿行，并同这片土地紧密地生长在一起。

谭洪恩的最后一站才是设于西昌的特高压工程建设指挥部，这是他此次行程中的重中之重，而之前的行程只是铺垫。他的到来，可以说就是来稳军心、鼓士气的。在工作会议上，他讲到了这一行的感受，分享了对建设重任担当与艰苦奋斗精神的理解，充分肯定指挥部在工程项目管理、组织安排及属地协调等前期工作中的成效，并寄望全体工程管理人员将工作开展扎实、有序地推进下去。

7月正值盛夏，天热似火，雅江工程前期的建设氛围已经非常浓烈。

指挥部是管理中枢，它一旦动起来，各个工程项目部、施工队都会行动起来，积极地组建、调动和筹划，就像一台高速运转的机器一样，轴连着轴，每一个轴都必须要转动起来。

实际上，下面的很多基础工作已经在几个月前就已经动起来了。整个雅江工程在四川、云南地区分为6个标段，每个标段由于所处的地理位置不同，在工程建设上也会面临不同的情况和困难。

川1标段是整个雅江工程的起点段，是整个雅江特高压项目最大的一个标段，也是沿途地形地貌最为复杂的一段。它从西昌市盐源县跑马坪到普格县，全长达120多公里，跨越了凉山州的盐源县、德昌县、普格县三个行政区域。这一区域沿线海拔高度在1300米至3400米之间，几乎全部是高山大岭，丘陵占21%，山地占19%，高山与峻岭占到了近60%。

战场划定，川1标段将在这一地区建设236座基塔。

这些基塔平均每基重达100多吨，它们都将沿着设计的路线，精确地建在不同的位置上。但每一座基塔都是不一样的，它要根据具体的地理条件来设计。建每一座基塔就像生孩子一样，有充分孕育的过程。

平地起塔，从设计到施工都要精心准备，而围绕它们的是基塔下的土地、当地居民和建设者的故事。

川1段施工项目部是个年轻的团队，带队的项目常务副经理邹浩是个三十出头的年轻人，从2012年工作后就参加了木西线、溪洛渡送出、500千伏川藏联网、500千伏宣达线、500千伏藏中联网等重点工程的建设，一步步从施工技术员成长为项目总工，积累了比较丰富的工作经验。他所在项目部的技术管理人员很多只有二十多岁，在他们面前，邹浩又算是"老"电力人了。当然，项目部还有不少身经百战、富有经验的老电力人，他们是中流砥柱，确保了工程建设队伍的稳定和团结。所以当工程号令发起的那一天，他们就汇集到了一起，这是一个能征善战的团队。

从这个项目还在筹备期间，川1段项目部就已经开始了对项目的考察。

这一天，他们开了两辆越野车，一行六个人踏上了考察路程。

这六个人分别是：常务副经理邹浩、总工陈雨茗、材料主管林红志、施工队长邹进、裴勇、黄定红。在项目中每个人的分工不同，总工负责对整个线路施工的组织，安排施工进度，合理划分施工区段，发现施工难点，做好前端踏勘工作；材料主管的任务是了解当地砂石的采购费用，考察材料质量，调查水泥、钢材的供应等。而三名队长则是经验丰富，他们的任务是熟悉地形，了解放线线路，并对之后的施工现场进行实地观察。

一 盏 灯 的 世 界

这次考察用了十天左右时间，他们几乎走遍了施工线路涉及的所有地区，翻山越岭，一个点一个点地勘察，地形、路线、作业条件、施工难度等，都是他们要考察的内容，并被一一详细记录下来。

这次考察让他们心中有了底，也为他们提供了一手的工程数据。比如他们就在考察中发现120多公里长的路线中，地理状况存在很大的不同：N0001基塔到N0063基塔之间是相对平敞的地区，也是经济作物密集的种植区；从N0064基塔到N0094基塔是山区，山势陡峭，塔位之间高差大；而到了N0095基塔到N0110基塔之间的地理条件是最为艰巨的，山高路远，崎岖不平，为施工带来了很大的难度；在N0111基塔到N0140基塔之间就进入了约十五公里的原始森林区域，这一段对森林的保护有很高的要求，遇到珍稀树木只能绕道而行；在N0141基塔到N0212基塔之间也是山峦起伏，运输条件较差，架设索道量大，而且运距平均达1.7公里之遥；从N0213基塔到N0238基塔就进入了螺髻山无人保护区，这对环保又提出了更大挑战……

在路上的时候，大家对现实环境已经有了初步的了解，但心里仍然迷雾重重。六个人一言不发，各自想着自己担负的责任，他们望着眼前的高山峻岭，直到它变得清晰起来。

在外人看来，那是一座座连绵的山峦，而在他们心中已经变为了空间数据，变为了一个个可以在电脑上展现的点和面，可以将它们一一分解开来。他们讨论最多的是，每一座基塔在修建时将面临的难点：如山体陡峭，堆料就非常困难，也会造成基塔组立的难度；两山之间的跨度大、高差大，就会造成索道架设的困难，也会为后期的放线带来影响。他们考虑得更多的是如何解决问题，因为一旦施工开始，所有的困难都会迎面而来。

考察完回到项目部后，他们重新进行了认真的讨论和研究，重新梳理勘察的难点，他们发现还有一些遗漏的、模糊的地方，怎么办呢？再走一次，查漏补缺，必须做到清清楚楚，因为他们知道前期的跟踪考察是确保中标的一个重要工作，也对今后的工作大有帮助。

很快，考察小分队又出发了。

这一次，他们要对线路进行复测。在这个过程中，小组队员们要不断拿出携带的GPS定位测量仪器进行工作，每天他们要在山路上行走4公里，复测7个基塔点位线路。这一次他们的收获很大，不仅核实了设计单位的数据是否匹配，也为制定基塔施工方案提供比较准确的数据支撑。

那些崇山峻岭真的变得清晰了起来，一张详细的施工蓝图已然成形。

在考察过程中，他们经历了一些奇遇。车行进在山区，信号不好无法导航。有一次，他们在雅砻江沿岸行走时，一直在寻找通往对岸的塔位点，但转来转去，沿路都没有发现跨越点。因为没有桥，他们面临的情况是要绕很大一圈才能够去到对岸，这就给他们提出了一个问题：这一绕，以后在具体施工中就会增加很大的交通运输成本。

河风吹拂着，大家望着那条没有人烟的大江发起愁来。

百米之隔，就像隔住了两个世界。

但就在这时，突然间传来了一阵马达的声音，这条静如天籁的大江上竟然出现了一阵喧闹。一条轮渡由远及近出现在了江面上，并慢慢地朝着他们开了过来。

所有人都欢呼了起来。

谁都没有想到这条江上还有如此古老的交通工具在运行，但事实是当地百姓过江就靠它，柳暗花明又一村，问题迎刃而解。通过轮渡他们到塔位点只花了半个小时，路程大为缩短，关键是他们以后在建设过程中，可以利用轮渡把牵引绳放到对岸，解决了一个今后放线的问题。

这次考察回来后，他们感到胸有成竹，信心百倍。接下来他们完成了工程造价分析，组建了施工队伍，并进行了招投标预采购流程。

扎实的前期考察为后面的工作提供了有力支持，川1段的考察小分队圆满完成了任务。2019年9月21日，在位于盐源县的N0021基塔址上，也是整个雅江工程的第一座基塔开始基础开挖，这标志着川1标段的施工正式启动，而那两次的考察是工程建设前期小小的序曲。

临战粮草计

虽然工程建设在2019年9月才正式启动，但作为"新三直"中重要的一条输电走廊，它早在2015年就开始在做前期的论证、规划和设计工作。

关于论证，前面已经略有阐述，四川是水电大省，西部弃水之忧与东部用电之需恰好形成了一个巨大的反差。有的不用，要的没有，这个严峻的现实已经充分证明了修建这条能源高速公路的必要性。

关于规划，"老三直"与"新三直"特高压工程接续而来，已经初步构架起了东西之间的能源大通道，雅江工程就是其中的一条大动脉，是按计划在推进的一个步骤。

关于设计，进入了详细、具体的、精密的工程蓝图绘制阶段，颇值得一说。

雅江项目输电线路的设计是由中国电力规划总院做的，他们采用的是先进的"海拉瓦"技术。

所谓"海拉瓦"技术，它的全称叫海拉瓦全数字化摄影系统，是目前世界上一种先进的地理测量技术。它借助卫星、飞机、GPS（全球定位系统）等高科技手段，通过高精度的扫描仪和计算机信息处理系统，将各种影像资料生成正射影像图、数字地面模型和具有立体图效果的三维景观图，

一盏灯的世界

并以标准格式输出图像和数字信息。

雅江工程线路先是在卫星图片中选大通道，然后采用飞机进行航拍，对沿线的地形绘制三维景观图，再准确设计输电线路，并确定塔位。所以，有人说雅江工程是飞出来的。

"国家电网公司有自己的飞机，输电线路就是用飞机飞出来的。开始要飞，以后工程干完了，还要用飞机来重新飞一遍，进行验收检查。"特高压工程建设指挥部副总指挥蓝健均告诉我。

输电线路设计出来后，还要进行落地的工作，也就是要进行初设和施工的前期准备工作。

总的来说是四方面的工作：一是搞林业调查，跟林勘院签订合同；二是搞压覆矿和迁地协议；三是带着监理和施工单位跑现场，对重要跨越，如高铁、河流、铁路、电网等跨越物进行现场勘察，优化设计；四是开各种工程施工路线设计的论证会议，进行初设。

"雅江工程云南段是广东和云南设计院搞的，而四川段是四川与山西设计院负责设计的。"蓝健均介绍说。

设计工作一般要走在核准建设的前面，这些年的电力建设项目发展太快，一个接着一个，没有等的时间。一般而言，核准即开工，所以前期的工作很重要，要有预判性。

建设一开始，合作单位、机构纷至沓来，工程合同堆积如山，财务部门的审核工作就显得格外重要起来。

"我们签订了200多个合同，每一份合同都要认真看，工作量太大了！"

苟全峰是特高压指挥部财务计经处主任，他三句话不离本行。

雅江工程一开工，最先面临的就是招投标工作。而招投标的核心就是工程项目资金的签订、拨付和使用。这就涉及各种各样的合同，内容繁杂，金额巨大，每一份都是经过了反复谈判、审核的结果。

确实，整个雅江工程的每一分钱都要从财务部门报送出去，工程项目总投资244亿，四川、云南段就占了90多亿，换流站50多亿，而它们就是被分解到各个合同中的一个个数字。

从工程体量、计价依据、工程清单再到资金体系，报量、结算、审核、拨付，这是个非常严密的财务管控体系，而在苟全峰那里要做的就是为工程的"粮草"提供安全资金运行保障。精细资金安全管理，精准造价过程管理，这些工作是财务部门要做的。

忙，这是苟全峰的感受。他说，从工程一开始，就是写不完的材料，加不完的班。工程开工的时候，正是他的儿子小升初那段时间，但他无暇顾及。为了解决孩子就近读书的问题，他只好临时租房搬家，但家中只有老婆一个人，无人帮忙，她足足搬了一个星期。

合同多，但每一份都不能有丝毫马虎，一字一眼都要认真去掂量。

"每一份合同都是一份责任。"他说。

工程涉及的具体细节太多，各方利益的诉求不同，争议不少，而最终都会反映到财务结算这块来。过去苟全峰虽然也是在财务上工作，但主要是监督、评审，只需要按规则办事，而现在是做建管，情况要复杂得多，不是每一件事都有成熟的方案，所以也就更需要财务的决策能力。

对苟全峰的这个部门而言，主要有两大基本职能：一是按月、按量地保障资金的正常运行；二是校核、指导施工单位完善资金报表。但他坦言这一角色实在不好扮，一遇到付款问题往往是矛盾重重。利益不同，就会有双方博弈，而越到工程后期，问题越尖锐，甚至会到白热化状态。

"第一次管这么难的项目！"对于干了多年财务工作的苟全峰来说，他也发出了如此的感叹。

但是，要保证工程正常顺利完成，财务是后面看不见的战线。他们的工作是既要严格按规则办事，又要灵活协商，稳妥推进，踩在一根钢丝绳上走路。

工程在投入建设之前，除了财经部门，其他所有的部门都紧锣密鼓行动了起来，而安全是工程头等大事，自然不能掉后。安监宣传、教育工作也必须走在前面。

雅江工程刚刚动工不久，9月24日，国网四川公司特高压工程建设指挥部组织召开了雅江线路工程（四川、云南段）首次工地例会暨工程第二次安委会。

在雅江线路工程首次工地例会上，工程指挥部宣布了工程中标的监理、施工单位及被授权的项目负责人名单。参与雅中线路工程建设的4家设计单位、2家监理单位和6家施工单位，分别就工程设计交底、监理工作开展及工程开工准备等情况做了汇报。会议要求工程参建单位和全体参建人员按照"安全、优质、高效、廉洁、环保"的工程建设目标，迅速掀起工程建设施工高潮，科学管理，争先创优，积极开展技术和管理创新，努力把雅江工程打造成新时代高可靠性、高利用率、高标准化的"三高"精品工程和国家电网样板工程，确保工程按期竣工投产。

在随即召开的工程第二次安委会会议上，工程指挥部宣布成立雅江工程安全生产委员会，全面加强雅江工程安全质量工作。

李锐就出现在了这个重要的会议上，但按他自己的话来说是很"意外"，因为他小儿子才刚出生不久，他有理由不到这里来参加工程建设。

说起此事，李锐仍然觉得不可思议。他讲到了当时的真实情景："领导突然有一天打电话给我，问我愿不愿意到雅江工程上去工作？我很快就答应了。但几秒钟后我就有些后悔了……"因为此时李锐看了看旁边的妻子，和她怀中的孩子。

回想起妻子生大儿子的时候，李锐还在拉萨换流站施工现场，无法赶回家，心急如焚。这个记忆依然很强烈，现在又要自作主张，远走他乡，李锐感到特别愧疚。但妻子温柔的眼神给了他信心，晚饭的时候，李锐的父母已经知道了此事，安慰他说："你放心去工作吧，家里的事留给我们，你现在年轻，应该多去做点工作。"

理解，化解了他心中的愧疚。2019年3月，李锐就到了西昌，那时他的小儿子才两个月大。一到前线，李锐就投入紧张的工作当中。他要亲自到各个工程点上去踏勘，清理出重点难点，很多地方常常要走两三个小时才能达。由于长时间登山，李锐经常是拄着登山杖，一瘸一拐往上爬。回来后他还要完善安全管理体系，编制管理制度文件，并与地方应急安监部门建立联动机制，聘请安全专家讲课……

"忙得已经忘了家中还有两个幼小的孩子，只有在夜深人静的时候才会猛然想起，心里有时很难过……"李锐说。

从李锐的身上，可以看到每一个建设者的付出和辛劳。雅江工程有多辉煌，就有多少人艰难的付出和辛劳。

建设伊始，总号令吹响，工程蓝图徐徐展开。

2019年9月25日，国网四川电力公司总经理胡海舰来到了西昌指挥部，对工程建设开工准备情况进行了调研。当然，他也是带着要求和目标来的。一个偌大的工程，必然有通盘的计划和精细的管理，胡海舰首先强调的是安全质量，确保人员"零死亡、零伤残"，确保工程质量"零缺陷"。

工程建设不是独立存在的，胡海舰也强调要协同共赢。他要求把建设"绿色工程"理念贯穿于建设全过程，落实"环、植、水"保措施要求，实现环境影响最小化、植被恢复高效化、水土流失最少化，确保沿线江河水源不受污染，动植物繁衍生息不受影响。

"'新三直'工程建设规模大、施工挑战多、建设周期集中、社会关注度高，所有参建单位和全体人员都要勇于担当，凝心聚力，努力创建高可靠性、高利用率、高标准化的'三高'精品工程。"胡海舰最后说道。

　　就在2019年9月前，经过前期的紧张准备，参建人员已全部到位，机具设备也已全部进场，所有的建设计划都正在全力以赴地推进中。就在胡海舰部署建设任务的前两天，即9月23日，在凉山彝族自治州盐源县这个沉寂千年的土地上，机器轰鸣，人声沸腾，仿佛是奏响了雅江工程建设的序曲。

在深山中亲历拆迁

　　雅江工程开工后，困难才一个一个出现，而首先面临的最大问题就是拆迁。

　　整个雅江工程（四川、云南段）涉及拆迁的地方达750多处，根据分级判断标准，有拆迁高敏感点587处。

　　什么是高敏感点？说白了就是难拆迁的地方。

　　其中，最敏感的或者最难拆迁的有25处，因为房屋正好在塔基设计点上，无法变动，要做细微的更改也必须通过国家电网总部，那不是简单的事。也就是说这25处是必须先要将房屋搬走，才能在上面建筑基塔。

　　但是，要搬动这些房屋并非易事。拆迁到底有多难？听别人说总是隔着一层。为了真实感受拆迁工作的情况，我跟随施工队去了一个尚未解决的拆迁点。

正是一年中最热的时节，我来到设在德昌县郊外的雅江工程川1段项目部，午饭后送我去施工4队的是施师傅。

一路上与施师傅聊天，他是成都人，人长得精瘦，同事开玩笑谑称他叫"猴子"。他很热情，不断散烟给我，沿途我们就摆起了龙门阵。

施师傅从参加工作就在电力工地上干，曾经在四川美姑县干过十年，甘肃定西干过两年，这都是他记忆里最艰苦的地方。他现在是专职驾驶员，负责工地间来回运输，长期在外，但他很习惯这种生活，同时与工程上的兄弟们也相处得很好。

"我有机会去小车班，但每天抱着个茶杯等领导的日子没意思。"他说。

显然，施师傅喜欢有点挑战的生活，他说可以看到"很多好风景"。但在外开车有很多的风险，因为常常是在高山峻岭中行驶，常常遇到险情，难道他不怕？

施师傅说，他的同事中有好些个都死了，毕竟电网铺设的地方都是山高路险，稍有不慎就会车毁人亡。施师傅讲到了他经历的处理伤亡事故的一些事，其中一次是一车4人翻到江中，由于水太深，还动用了潜水员，但打捞起来时只剩下几具骨头架了，最后是所有的骨灰平分给了那些悲痛欲绝的家属。

讲完这事，便陷入了沉默。

可能是见过了太多不幸的事，施师傅倒显得比较淡然，很快我们又转向了其他话题。

一小时后就到了茨达乡镇上，队长黄定红已经等在那里了，他们的队部就设在镇上，是租的一幢民房。很快，我们又到镇公所接到姓陈的书记一同到新胜村。

又是翻山越岭，半小时后才到了新胜村一组，山道路边有一座新建的电网塔基。

被占土地的村民印国民正等在塔基一旁。

印国民是个六十多岁的小老头，修塔基占了他的一部分林地，过去他种的杉树已经长成了碗口那么大，但这次全部砍掉，按150元一棵赔偿；而这片地上他有一座土房，60多平方米，也被拆了，赔了他近3万元，这些都让他比较满意。但现在的问题是，在修塔基时临时修建了一条道路，用石子做了硬化，将他的地分成了两半。

印老汉就不干了。他说，如果这条道路保留永久使用，那么牲口过路时会两边吃他的庄稼，他每年都要损失好多庄稼！

牲口过路无非是顺便吃两口路边的草而已，它又能吃掉多少庄稼呢？

有点奇谈怪论，但他说得振振有词。

所以，他要求绕开修建时的临时道路，从他家两座祖坟中重新修一条路，这样原来的临时道路可恢复种地，一边靠坡，一边靠地，牲口就只能吃他一边的庄稼。其实这对实际的种地面积没有任何影响，而改路也无多大价值，只会增加电网建设成本。

印老汉的要求有些无理，他真实的目的还是为了多赔几个钱而已，并非"牲口会两边吃他的庄稼"。

怎么办呢？黄定红知道这老头倔，得不急不火、慢条斯理地与他周旋。

这时，黄定红摸出烟，散了支给印老汉，两人抽着烟慢慢地摆谈起来。

看得出两人已经比较熟，之前肯定谈过几次。这时，黄定红不断跟印老汉套近乎，一会说他在拉卷尺时多给印老汉拉了不少，一会又说可以多赔些青苗费作为补偿，反正一句话，就是完全为对方着想，并给了对方不少好处。而陈书记在旁边两头劝，一边说添点，一边说少些，俨然要一碗水端平。

这一说一劝，再经过黄定红的一算账，印老汉就有些动心：如果不改路的话，这次下来又可以让他多收入几千块。

印老汉就不说话了，他埋着头在拨心里的小算盘。

见转机出现，黄定红赶紧从包里掏出笔记本，要他签字，想把这件事敲定了。但印老头究竟有些犹豫，磨磨叽叽的，说回去同老婆商量一下。不过他确实是有些动心了，多收入几千块，比起牲口吃它几口庄稼又算什么呢？

只要印老头满足了，加上乡上陈书记再做点工作，这件事也就算是快解决了。而此事之前让施工队折腾了一段时间，迟迟未决，如果不解决好，将来验收就会留下后遗症。

我们下山的时候，印老汉已经背着小手回家了。

这件事让我想了很多，与当地百姓打交道需要耐心和智慧，而在雅江工程中像这样需要解决的拆迁问题实在是太多，很多事情是慢慢磨出来的。回去的路上，施师傅告诉我，在有些拆迁上宁愿多花点代价，因为工地上拖不起工，如果村民闹，成本更大，而遗留问题不解决，队上也无法交差。

总共用了不到一小时就有进展，还算比较顺利，而黄定红的工作方式也算老道，施师傅说这些队长都是久经沙场的"老江湖"。不过，工程建设还少不得他们，他们是真正的工地专家，要带上百人的队伍，要处理这样棘手的事情，经验少了干不好，姜还是老的辣。

当然，像印老汉这种情况毕竟只是小问题，牵扯的利益不大。而在雅江工程建设中，涉及压覆探矿权就不是那么好解决的了。

在雅江工程过境的四川、云南、贵州省，是典型的矿产省区，有很多矿产资源分布区域。但这恰恰会存在与电网建设项目的输电线路或设施选址重叠，引发矿业权人的争议诉讼。

压覆探矿权的成立需要同时满足两个条件，一是"建设项目与矿区范围压覆区重叠"，一是"影响矿产资源正常勘察开采"，这样才能符合按照国家政策须有一定的赔偿的要求。但是矛盾也在这里，在实际情况中，有些探矿权人倾向要求建设方按照预期收益来进行补偿，所以建设方与探矿权人很难就压覆范围、补偿金额达成一致。像雅江大型电网项目有严格的工期进度要求，建设方可能在补偿谈判完成前就需要开始施工，被压覆的探矿权人常常会漫天要价，导致民事诉讼。

在位于云南镇雄的雅江工程云3段项目部，我见到了副经理、主管协调的陈志城先生，主要想与他聊聊项目中关于协调的问题。

正是炎炎夏日，见到陈志城正好是他风尘仆仆从外面回来，刚刚冲了个澡。这一天，他从上午8点就出门，直到晚饭时才回到项目部。

"太烦了，太烦了！"陈志城开口就在大吐苦水。

他告诉我，目前他们还有3个地方没有协调好，对方开口就要几十万，大大超过了政策规定的范围。

"这不是抢人吗？"他有些愤愤不平。

云3段由安徽省送变电工程公司中标承建，工程区域横跨60多公里，地处乌蒙山区，有153座基塔，这一段是整个雅江项目出四川、云南，与贵州段相接的一段，也是云南最边远的一段。

云3段项目部设在云南镇雄，镇雄是鸡鸣三省之地，也是一块极难管的飞地，按照陈志城的话就叫江湖太复杂，处处路不平。所以在协调工作上他们设有8名民事协调员，成立了后勤保障小组，对7个乡镇、20个自然村开展工作。作为曾经在无人区干过工程的陈志城来说，他更愿意在无人区工作，虽然自然条件艰苦一些，但少了很多人事纠纷。

据陈志城介绍，他们接手的这段工程有几个特点：一是房屋拆迁量大，工地涉及迁坟多，当地民风强悍，百姓文化层次普遍不高，语言又不通，很难沟通；二是工程地处林区，树木砍伐量大，有95%的工程点涉及树木砍伐，这就与林业部门要发生很多的协调工作；三是修建中要运输时常常要占机耕道，又会涉及多起民事纠纷。由于工程战线长，都是山路，一些道路是村民集资修建的水泥路面，只要大型运输车开过，稍有损坏，就要拦车赔偿。

"压裂了一条缝，人家要求赔一条路！"他说这话的时候，表情凝重。

但遇到这类问题，仍然要硬着头皮去解决。

在解决问题上，陈志城也介绍了他们的一些做法。目前他们有8个人是专门干协调工作的，按施工进度协调。他们的工作方法还是比较有效，一是依托当地政府，形成了处理问题的机制；二是要求协调人员勤跑路，对问题要有预判能力，积极跟农户进行政策宣传，协调人际关系，为了解决此问题，陈志城常常是遇到乡民们的红白喜事就要去送人情。在对待特殊困难时，要依靠项目平台的力量，多汇报、多交流、多方商量、借鉴好的解决办法。但最为关键的是团结一心，攻坚克难，所以在30多个施工单位中，基本没有发生停工的情况，协调工作的顺利开展为项目创造了一个良好的施工环境。

一 盏 灯 的 世 界

"慢慢磨，办法总是有的。" 陈志城说。

其实，在对待协调难点上，他们内部也有一套交流的机制，共同来探讨问题，想办法，出主意。团队的力量是重要的，众人拾柴火焰高，他们就这样化解着一个又一个的困难。

"一定要多想办法，一定得想出办法！"

说到这里，陈志城倒显出了几分信心。

遭遇"崇山峻岭"

"第一次到这里的时候，都懵了，看到那么大的山，那么险的路，好多人心里直打鼓。" 李洪伟说。

雅江工程川3段是由吉林送变电公司承建的，李洪伟是项目负责人，他说这些话时是基于工程所在地的具体情况：山地占17%，高山大岭占31%，崇山峻岭占45%。

"为什么要分高山大岭和崇山峻岭？" 我问。

"这在地理概念上是不一样的！" 李洪伟解释道。

什么是崇山峻岭？百度上的解释是"高大而陡峭的山"。这个成语出自王羲之的《兰亭集序》，但它更像是文学性描述，并不能让人产生比较直观、准确的感受，只能靠想象。在李洪伟那里，他们有深切的体会，因为它不是文学形容，而是有地理上的科学界定。

专业上的区分就不说了，他给我讲了一个故事，让我真实感受他们理解的"崇山峻岭"：在工程施工中，他们的很多工程点是车去不了的，山上没有路，只能靠步行；山路崎岖，坡度都在三四十度以上，每天一走就是好几个小时，一般是天没有亮就开始走，打着手电筒，天黑的时候才下山，也要打手电筒，两头都要摸黑。这就是"崇山峻岭"。

整个工程，他们大多是在"崇山峻岭"上度过的。

整个工程，他们琢磨得最多的是山上的路。

在雅江工程四川段中，川3段的工程线路是最短的，但施工难度是最难的，这就是因为崇山峻岭占了一半。因为地形的险峻，在川3段完成的99座基塔中，有53座是耐张塔，工作量增加了75%。

这是什么意思呢？电网线路的基塔有两种，一种叫直线塔，一种叫耐张塔。打一个比方，就像晒衣裳要拉一根线，两端要固定在墙上，中间用竹竿撑起。竹竿就似直线塔，其作用就是挑起导线，承受导线的自重，专业讲叫垂直荷载。而耐张塔就是固定线的墙，两种塔的作用是不一样的，电力线路最易出危险的是耐张塔，因为导线受张力架空后，沿导线纵向拉起的力全部在耐张塔上，即耐张塔要承受电力线路架空后的张力载荷，也就是要承受导线的拉力。因此耐张塔的技术要求就比直线塔高很多，工作量也会增加很多。

在施工中，所有的困难几乎都是围绕着路开始的。首先是道路的险峻，随处可见悬崖、盘山路、滑坡、塌方……路是第一个拦路虎。

　　　　　　　一　盏　灯　的　世　界

"路太陡了，汽车一个月就要换一对刹车片！"施工项目副经理刘召严说。

他告诉我，最耗时的就是运输，很多地方没有五六个小时上不去。要是遇到雨天就麻烦了，但金阳到布拖那一段每月有二十多天是雨天，道路反复塌方，堵车是常事，一堵车就窝工。他们千方百计想办法，绕过堵车路段，但要把器具拉到施工现场，路程就要多出几十公里。

2020年由于修道路，到处挖得坑坑洼洼的，特别是在老寨子、红莲乡一带有14座基塔，从头到尾都受到了影响，耽误了两个多月工期。怎么办呢？绕道。本来金阳可以直接到施工现场的，但他们只能选择从金阳途经昭觉、布拖、拖觉再到施工点，中间绕了一大圈不说，而且是晚上运输，意在错过通行高峰期，不辞辛苦仅仅就是为了运一车设备。

金阳在金沙江边上，川滇交界，位置比较偏僻，就是要运个生活用品也不方便，大件运输就不说有多难了。因为路太险，外面的车都不愿跑金阳，从西昌到金阳，途经布拖，路程正好是一半，但拉同样的货到布拖是1000元，到金阳就要2800元。在金阳有很多东西买不到，必须要到西昌去购，他们只好去等物流的返程车，其他一点办法也没有。

为了路，他们在人力和物力上付出了很大的投入，也绞尽了脑汁。

"在N0549到N0557基塔之间是一段无人区，没有施工公路，设备器材要进去，必须修路。我们花了三个月时间才修好！"李洪伟说。

确实，他们耗费在修路上的精力比工程本身还要多。在整个工程中，他们还一共修建了56条工程索道，涉及87座基塔，索道运输占到了80%。而这每一条索道的故事，可以说背后都是一把辛酸泪。

山势陡峭，但塔位都在陡峭的坡上，而且60~70度的坡占到一半，有些点连寻找一个修索道口的地方都很难。刘召严告诉我，他们为了修建N0553基塔处的张力场，虽然修了三个月的路，但一遇雨，路面湿滑，仍然难行；所以在大车进去的时候，他们又调来了牵引车和铲土车，前拉后推，用尽了吃奶的力气，这才把设备运了上去。

因为坡度陡，在选择张力场和牵引场的时候也非常困难，因为张力机、牵引机对邻塔的出线夹角要小于15度，这又是一大难题。

这是个专业问题，也就是在基塔建好后，到了两塔之间的牵线阶段，而放线的时候就要设置牵引场和张力场。什么是牵引场呢？也就是拉力的一端，放线的时候把线拉住。这主要是靠一台牵引机，通过牵绳和走板牵引导线；而张力场就是放导线的地方，一放一拉，才能将线缆在两个基塔之间架起来。具体操作施工时，张力机要调整在牵引过程中导线产生的张力，使其不与地面、树木、房屋、跨越架等发生摩擦，出现危险。

一般来说，张力场和牵引场都要选择在交通运输方便、视线开阔、锚线容易且直线升空方便的地方。但在川3段修建N0553基塔张力场的时候就遇到了困难，经过计算，两塔之间高差达到了1700多米，出线夹角早就超过了15度，牵引力满足不了要求，必须要动用大吊车协助。但去往张力场的途中，过去只有一条摩托车道，大车根本进不去，他们只好又投入了100多万来修路，费尽了九牛二虎之力。而多花这些钱，都够再买一台吊车了。

路修好，吊车一进去后，又遇到了困难。直道没有问题，但弯道太多，有些转弯处仍然过不了，于是他们又拿着卷尺去量，车轮一点一点地挪，生怕出一点纰漏。而就在这个过程中，他们发明了一种叫"吊车转弯支腿位移器"，让吊车的尾端能够转过去，这实际是大车在弯道中常常遇到的疑难问题，他们发挥聪明才智，居然把这个问题给解决了。

"没有想到还逼出了一个发明来。"说到这里，李洪伟的脸上有种苦涩的笑。

问题一个接着一个，解决了一个，另外的又来了。由于山势高，造成了50%的导线上扬，这样的话就非常容易出现导线磨损，导致安全隐患。在川3段工程上有5个放线段，超过1000米高差的占到60%，最大的一个是1800米高差，四个直上直下，呈W型。

"我们的线路只有42公里长，但居然要经过9个冰区。而每个冰区的地理条件又不同，就需要3种导线，连续变化9次。"施工项目总工陈雷在一旁补充道。

金阳县地处大凉山深处，一到冬天，天气严寒，常常是冰雪凝冻自然灾害重灾区。就在2020年12月，金阳又遭受了严重的冰雪灾害，电力基础设施遭受严峻挑战。据媒体报道，这次灾害让该供电辖区内7条输电线路、6个台区受损严重，造成供区内12个乡镇停电，影响1.4万余用户正常用电。

　　如此恶劣的天气，如此复杂的地形，要应对它们，必须要在导线的使用上做出相应的变化。在实际施工中，川3段就使用了3种型号导线连放，这对计算的精确度要求很高，有很大的挑战性。后来他们以不同型号导线连放作为一个课题，成了国网公司在工程实践中的一项科技创新。但正如之前李洪伟的那一个苦涩的笑，这也是环境所逼，只有他们自己才知道，他们的付出确实要比别人更多。

　　在川3段的整个施工点中，最值得一说的是N0553基塔张力场的建设，那里有与"崇山峻岭"搏斗的故事，堪称壮举。而其间的每一个人都是铁汉，他们用非凡的毅力和精神，去战胜了重重困难，让银缆飞越了这一座高插云际的大山。

　　在建N0553基塔张力场的时候，已是初冬时节，山上早已是冰天雪地。此处海拔2800多米，不少人有高山反应，出现了耳鸣和眩晕现象，彻夜难眠。由于是无人区，生活极不便，开车下山都要两三个小时，六十多个工人只能搭帐篷坚守在那里。

　　山上没有电，白天温度在零下六七摄氏度，矿泉水桶里的水早都结成了冰，要吃水还得撬开；晚上温度更低，寒风呼啸，三床棉被都抵不住寒冷，要穿着棉袄、戴上棉帽才能睡觉。山上的信号也极差，通信非常困难，无法联络，有急事必须要走很远去找通信信号……

就在这种环境下，很多工人在山上住了七个月，而班组长更长，从初春时上山，一直住到隆冬时节才下山，长达十个月之久。

"从山上下来都变成了'野人'，中途下来理个头发，吃两顿饱饭，又上去了，必须要顶住呀！"安全总监王伟说。

"我们的施工队伍太不容易了，为了这个工程，真的是拼了！"李洪伟说。

这是在与天拼，但人非铁打。金阳在2020年中遭遇了长达五个月的雨季，工程受到了严重影响，错过了基础施工的黄金期，组塔的最佳时期也跟着泡了汤，不得不把工期拖到了寒冷的冬季。据当地老百姓讲，金阳好多年没有遇到这么长的雨季，一般是两三个月；今年却长达四五个月，天都下漏了，整个山都泡在雨里，工人们的衣服就没有干过。而关键是一下雨，就会出现滑坡和道路塌方，在川3段的整个施工记录中，滑坡出现了150多次，报了150多次施工险。一出现这种情况，车就进不去，也出不来，送饭菜都成问题，而山里又不允许生火，工人们只能挨冻受饿。

想吃好，饭是冷的；想睡好，铺盖是湿的。也许只有老婆孩子在心里是暖的，但他们却在遥远的大山中，连一个问候都发不出去。很难想象那群工人是如何熬过那些艰苦卓绝的日子的，他们没有想到过退缩吗？我相信他们一定想到过，但他们没有这样做，根本无法退缩，因为他们觉得自己多吃一点苦，家人就少吃一点苦，他们大多是家里的顶梁柱。

我曾经问过其中的一个工人，这样挣钱辛苦不？他说肯定辛苦，但能够多挣一点钱，苦一点累一点都能够忍受，这是他们最为朴实的想法。但是，等塔建好了，线路通了，留给他们的却是风湿病、胃病等伤痛，这也许才是他们以后漫长的岁月中，要去慢慢消化的最为真实的苦涩记忆。

在采访中，王伟告诉我，越是工程艰巨，安全质量就越要认真抓。他给我讲到了一个小事例，他们专门印制了一本"安全质量口袋书"，针对性很强，处处有据可依，对一线的施工队长、班组长的帮助很大。不仅如此，他们还买了30多套音箱喇叭，在每个施工现场播放施工规范和注意事项，让工人们反复听，真正装在脑袋里。

作为安全总监，王伟算得是老电力人了，他对安全管理有一套独特的办法。如"三算四验五禁止"，就是对危险点控制措施的经验总结，他将之编制成卡片发到每个人手中，随时看随时记，让施工人员养成良好的施工习惯，树立正确的安全施工理念。

"工作那么苦，更应该懂得安全的意义。挣的都是血汗钱，平平安安回家，才对得起所有的付出。"王伟说。

王伟已经五十多岁，每天都要翻山越岭去检查两个作业点，这不是件容易的事，就是二三十岁的年轻人也未必吃得消。就在我去金阳川3段项目部的那段时间中，他就排查出了施工隐患46条，工地上的人都知道他是一个对待工作很认真的人，凡事以身作则，而他也当之无愧地被雅江工程指挥部评为了"工地之星"。

"工程确实很艰苦，但不能忘记了质量安全，从吉林千里迢迢来到四川，我们就要干出最好的成绩来，我们不能枉来一趟！"李洪伟说得颇为动情。

这个东北汉子的脸上有种坚毅，而这也是他对那些崇山峻岭的一个回答。是的，他们已经来过了，并书写下了一段不平凡的故事。

那一天晚上，我在川3段施工项目部吃到了东北菜：凉拌韭菜、烧四季豆、酸菜肉片汤，喝的是东北酒洮河春，抽的是"长白山"。这是一群东北人，到哪里都保持着家乡的口味，在这个遥远的异乡，与他们相处，突然发现他们身上有一种对生活和事业的赤诚之心，让人久久难忘。

艰苦奋战换来了优异的成绩，一年之后，川3段在雅江工程中，质量安全等指标均名列前茅。但很少有人知道他们的成绩是如何取得的，抬头望去，那些巍峨群山间矗立的电塔是如此壮观，但塔下那些渺小的人已经离去，再也不被人记起。

疫情突袭，他们逆袭

从2019年9月开工之后，到2020年1月中旬，雅江工程推进有力，稳步向前，不仅圆满完成了2019年度目标任务，还得到了国家电网特高压部的嘉奖。

此时已临近春节，由国网四川公司特高压工程建设指挥部组织的慰问组，也开始对雅江工程四川段、云南段项目单位进行慰问工作。他们所到之处，看望慰问来自陕西、云南、广东、安徽等省的送变电建设人员以及监理方的工作人员，确保平安返家，好好过个年。

然而，就在2020年1月下旬，一场席卷大地的新冠疫情汹汹而来。

疫情肆虐之下，全国到处都在实行封闭隔离管理，封城闭户，人们突然陷入了巨大的恐慌之中。当时雅江工程上的工人们辛苦了半年，大都回到了家乡亲人身边，节是过不好了，而随着越来越严峻的抗疫形势，大家更加忧心忡忡：工程建设怎么办？如何才能回到工地？就算回到工地又怎么工作？

疫情彻底打乱了工程的步伐，建设前景变得迷雾重重，一切的疑问都亟待解开。

2020年2月3日，总指挥王永平在成都组织召开了节后首次指挥部办公会，会议对新冠疫情防控、春节后特高压工程复工等工作进行了研究和部署。

工程建设不能停，必须尽快复工。特高压工程为世人瞩目，而这次复工也同样要走在前列。在这次会议上，大家的思想得到了统一，行动有了步骤，一场特殊时期的复工正在有序展开。

为了坚决打赢这场疫情战役，综合管理部和后勤人员第一时间集结西昌，最先到达现场，确保了指挥部的有效运转。整个办公体系一运转起来，工程各项目部、施工班组也紧接着运转了起来。

"疫情一来，对我们部门是最大的考验，而且是一场特殊的考验！"综合管理部主任助理王众说。

王众从2006年参加工作，就一直在电力系统一线做技术管理，做过技术专责，也当过变电站站长，但到了雅江工程后，他干的却是综合事务工作。上传下达、吃喝拉撒都是他的职责，这份工作不轻松，而疫情一来，相当于给他们出一份新的考卷。

在那段时间中，王众忙得不亦乐乎，忙得已经忘掉了家庭。当时孩子的学校正在开展快乐教育活动，要求学生家长必须参加，但王众的儿子回来后非常沮丧，因为父亲根本没有时间去，全班只有他的家长是缺席的。王众对此也深感遗憾，没有好的陪伴对孩子的成长会有影响，但是在这么大的工程面前，亲情往往要退居其次。王众说，如果工程出现一点疏漏，出现一例感染者，造成的影响将不堪设想，对他而言，只有全力以赴了。

会议召开后，首要的是信息必须通畅，传达必须高效。综合管理部迅速起草了各种文件印发到位，让每个员工第一时间得到了指挥部的动态信息。

与此同时，他们又对员工春节期间流动情况进行摸排，为指挥部全面复工做好准备工作。

"我们的工作人员是最忙的，每天搜集指挥部驻地疫情信息及日常值班情况，形成日汇报，上报省公司建设部。"综合管理部主任王滨说。

王滨介绍说，面对疫情，指挥部每个关键岗位人员都是逆行者。为了确保指挥部驻地安全，迎接各地人员的归来，实现"零输入、零感染"的目标，全力保障工程建设的有序推进，他们开展了一系列的工作。

首先是筹备防疫物资。后勤保障向雅江线路业主项目部和雅江换流站场平及路桥工程业主项目部提供了口罩、消毒液、体温计、酒精等防疫物资。根据防疫物资使用规定，严格管理口罩的发放数量、发放周期，并登记在册归档。对消毒液、酒精、体温计等物资的使用，根据具体工作适度调整，确保防疫物资不浪费，每一件防疫物资都用在该用的地方上。

其次是环境卫生清洁、消毒上做到家。每天他们要对基地办公区、生活区以及公共区域进行定时三次消毒；在办公桌键盘鼠标、门把手、扶梯等局部位置进行酒精擦拭消毒；

在公共卫生间盥洗台配置洗手液、肥皂、盐等清洁用品，严格控制消毒液与洁厕灵分开使用，以防产生有毒气体；设置口罩弃用回收箱、一次性用餐盒回收箱，对使用过的物资统一回收、统一投放到市政清洁运输车。

再次是工程参建人员多，进出管控并做好防疫宣传非常重要。指挥部基地实行全封闭隔离管控，按照当地社区规定凡是到指挥部复工的人员一律只进不出，必须坚持14天的安全隔离规定；与当地社区建立联防机制，加强返场复工人员行迹信息采集、体温检测、安全隔离等防控措施；同时，又紧急制作了抗疫"口袋书"下发到各施工单位，时刻提醒大家保持高度警惕。

最后是为了保证每个人无疫情感染，他们对指挥部驻地所有人员进行早、中、晚三次体温测量并建立体温测量登记表，做到了细致入微的地步。

自防疫工作开展以来，综合项目部要求每位员工坚持每天微信报告行动轨迹、身体状况、是否有疫情接触史等情况，并通过微信群积极学习防疫知识、正确的防疫措施等。

在雅江工程中，建设者们来自四面八方，远的有吉林、广东、安徽等地，他们春节前大多回了家，要回到工地却是难事。有些员工就是疫情严重的湖北省附近的人，要出来就更难了，例如有一个河南籍的厨师，出不了村，当地不放，只好待在家中。没有人工程建设无法进行，怎么办？只得想方设法与当地政府沟通，开介绍信，专门派车去接。但由于各地防疫政策不同，与县、镇、乡的各级部门协调存在不小的难度。

疫情之下，人人自危。即便人出来了，要顺利到达工地也有困难，处处设防，阻拦重重。如车在高速公路上下不来，很多口子不放外地车进去，云3段的施工项目经理李延军就遭遇了这样的情况，他从安徽到四川，在高速路上转了几圈就是下不来，只好睡了一天服务站。

"我们在高速公路上转来转去，一看我们的车是外地牌照，人家就不放，好像会把病毒带进去似的，真是狼狈不堪！但为了工程，我们必须要尽快赶到现场，当时只要有条缝，我们也要挤进去……"李延军说。

雅江工程云南业主项目部遭遇的情况更为奇特，是人们始料未及的。

当时项目部的办公地是租的昭通市党校的办公楼，地处郊外，远离市区。但疫情来后，未料那里因为远离市区而被征用为了疫情隔离区，他们只好紧急搬家，到处找房子。但当时四处关门闭户，哪里去找房子栖居，项目部人员"四处流浪"，跟疫情打游击战，直到折腾到了3月20日后才落实了一个地点入驻。

不过，越是在最困难的时候，指挥部一声召唤，越是有人身先士卒，勇于向前。布拖换流站项目部总工孙浩尹就是在接到上级的通知后，主动请缨，第一个率先携带防疫物资回到项目部，积极开展疫情防控和复工复产前期准备工作。

非常可贵的是，他一直干到了五一假期，当时疫情已经基本得到控制，所有人都松了口气。这时，本来他是可以回趟家的，但因为受疫情影响，工程正处于高峰期，孙浩尹只好把机会让给了其他同事，自己坚守工地。

"工期紧，我要是回家，其他人就可能回不了家。"孙浩尹说。

雅江工程四川段业主项目部安全专责邓鹏飞，是个上进的小伙子，在疫情期间也勇于担当。当时，他从乐至县老家到西昌市经过了四道关卡，将原计划2月底举办的婚礼推迟，迅速赶赴工地，并第一时间前往金阳县三个施工点去查看工地复工情况。

像孙浩尹、邓鹏飞这样在疫情中与工程建设同在的年轻人还有不少，他们的身上闪耀着新时代工程建设者的光彩。

在积极的工作推动下，2020年2月25日，大金河桥修建、布拖场平开始复工；2月底，雅江线路工程云南段N1021复工；雅江盐源换流站一般路桥施工在3月初复工。到2月中旬时，雅江工程已经有近3000名参建人员正有序向工地集结，首批管理人员已到岗到位。到3月初，已经有4000名工程人员到达一线工地，四川大凉山和云南乌蒙山深处，长达450公里的施工沿线又逐渐恢复了繁忙景象。

实际上，当时全国很多行业还处于停产停运状态，老百姓也基本还在封闭隔离中，家家关门闭户，对疫情忧心忡忡。在抗疫期间，特高压指挥部的综合管理部如临大敌，承担了最繁重、琐碎的任务，而主任王滨操心的事自然就可想而知了。那段时间中，他每天都在指挥部忙上忙下，偌大一个工程，管理技术人员、一线工人等最多的时候全部加起来近万人，如果一个人出现疫情，可能会让整个工程受到影响，后果不堪设想。在那两个月中他是憋足了劲，全力以赴，时时处在高度紧张的状态，不敢有丝毫的松懈和麻痹大意。

"天天都在忙，除了工作，还是工作，讲句笑话，我连上街用钱的机会都没有。"王滨说。

说起这事，还很有趣。等两个月后疫情基本得到控制的时候，有一天，王滨专门去买了两箱啤酒，请大家喝。其实他就是想花一次钱，让自己轻松一下。

复工以后，雅江工程很快进入了施工高峰期，但那段时间也是最焦灼的时期，一方面在继续抗疫，一方面在加紧建设。作为总指挥的王永平，强调团队要拧成一股绳，困难时期更要团结，踏踏实实推动工作开展。副总指挥蓝健均则具体地提出了"四不"和"四全"，"四不"指的是"计划不变""目标不调""任务不减""要求不降"；"四全"指的是"全力防控""全员复岗""全面推进""全程不漏"。也就是说，雅江工程自复工后，要求工程各个参建单位全年目标、任务不变，坚定向前推进。

2020年3月15日，四川省委常委、省纪委书记、省监察委主任王雁飞来到盐源换流站施工现场，深入调研重点工程复工复产及疫情防控情况，当他得知雅江工程满员复工时，充分肯定了国网四川省电力公司在抗击疫情中做出的贡献。为此，特高压工程建设指挥部获得四川省政府抗疫特殊奖励。

确实，虽然疫情对工程进度造成了一定影响，但雅江项目是全国第一批复工的大型工程，他们在努力中赢得了时间，赢得了胜利，同时也为全国的工程建设带了一个好头，起到了典范作用。

"我们攻坚一百天，硬抢工期，打了5场硬仗，到6月30日这天顺利完成了既定目标。"说这话时，王永平颇有些自豪。

最自豪的是一线的员工，在最困难的情况下取得的这一份优异成绩，来之不易。但胜利如果没有坚强的统帅，也是难以实现。当时前线的"三军"将士们为了感谢王永平，悄悄在他生日那天，给他送了一个大蛋糕，并在上面插了一面小红旗，场面非常感人。

"我都忘了自己的生日，那个时候想的全是工作，真是啥都顾不上，好在我们经受了疫情的考验。"王永平说。

但也许在那个时候，所有的付出都是值得的，而创业的艰辛才会化为一丝生活的甘甜。

四、苦尽甘来：一盏灯的人生

以天地为屋，以山峦为床，以寒风为幔，以雪月为餐……

这不是浪漫，这是苦！

都说电力人的生活苦，远离亲人、远离家乡，在艰苦的环境中工作，忍受着长时间的孤独。他们有爱，只能藏在心底；他们有情，只能对自己倾述。

爬山涉水，他们不怕；重重险关，他们也不怕。他们怕的是亲人梦中的呼喊，孩子眼中的泪花，老人在寒风中又白了的头发……

为了电网建设，他们翻山越岭，吃过难以下咽的饭，喝过要用铁锤敲碎的水，睡过永远睡不暖和的床。人间之苦，体味得最多，苦中的甜，也最懂得珍惜。

而这就是人生，在每一盏灯的光芒里，有他们默默前行的影子。

一 盏 灯 的 世 界

家在远方

　　清晨走前，妻轻轻地拽着我的衣角，喃喃地说："老公，今天能不能不走？"妻的声音很小，但每一字我都听得很清晰……

　　写这段文字的人叫张必余，是安徽送变电公司参加雅江工程的一名建设者。文章的名字是《送之心》，看过这篇文章的人都会说真实、感人，反映了送电工的情感世界。

　　确实，雅江工程的开建，对建设者们来说是又一次吹响了动员的号角，而对于他们的家庭来说，却意味着又一回的分离和告别。

　　文章接着写道：

　　每一次出发前，妻总是想着各种各样的方式挽留，我见过妻成功时欢呼雀跃的高兴，看到妻失望迷惘黯然的神伤。每一次我内心不无难舍难离，无不被妻伤心和高兴的模样所感染。

　　妻对我的工作一直非常支持，她总是害怕因为家里的事影响到工作，所以每次回家她都会关心工作上的事有没有安排好，会不会受到影响。尽管是这样，每次明明知道我就要走，她也总是希望我能够留下来再待一天或者再待一小时。如果我真的留下来，她又无比的后悔，感到无比的自责。所以我尽可能不让我的工作困扰她的情绪，回到家自然从不谈工作。

妻企盼的眼神让我难过，顿时感觉她是那么的无助和那么地需要人呵护。我轻轻回答："我晚上再回来看你，今天工地真的有事。"这时的我不知自己说出的话是真是假，妻的状态叫人真不忍心去骗她，但我又不忍心看着她因为我走而难过的模样。

下午1点妻来到了我的房间，问我还回不回去参加会议，我平静但又很激烈。我很想这个时候就回，但是我不能，只有放弃明天的会去解决现场另一个更为重要的事，也许我可以推迟一天，最终我还是选择了坚守。我知道妻一直还信以为真我今天晚上会回家，因为她早上说了"我在家等你噢！"我知道她甚至匆匆上街买几个菜，亲手为我做上，在静静地等。

下午3点，我正在办公桌前拟着第二天谈判方案，妻的短信来了，未出我的所料，妻还是在充满期望地问我几点到家。我静静地思索，我不能再让她充满希望而又失望之极。我笨拙的双手很长时间编写出：亲爱的妻，晚上不回了。真的难过，可希望你不要像我一样难过。

妻每次的神情已成为我生活中最重要的一节记忆与内容，岁月的长河，拥有不一定朝朝暮暮，但彼此的肝胆相照，互相牵挂也足以永恒！

今天不是谎言，也不是欺骗！

"今天能不能不走？"妻的声音很小，但每一字我都听得很清晰。

电网工程建设一般都是在野外进行，电力建设者也常常是在野外作业和生活，他们随着工程项目的迁移而迁移，远离家乡、远离家庭、远离亲人，所以，他们就是一群长期漂泊在外的游子。上面这篇文章，就是以"送"来讲述了一段真情实感，而"送"就是一次离别，每一次"送"都有一个牵肠挂肚的故事，而每一个牵肠挂肚的故事背后都有一种无尽的留恋与酸楚。

雅江工程川2段施工项目部设在大凉山普格彝族自治县城边上。

负责项目技术的赵晨辉是陕西西安人，1994年出生，脸上看起来还有些稚气，但眼神间透出一种机敏。这是一个善谈、充满活力的小伙子。本来他应该是留在西安当新郎官的，如今却在遥远的大凉山中奔走，因为他到工地上来的时候，与女友已经约好在年底结婚，这是他们在10月订婚的时候就定下的。

赵晨辉是2016年才在陕西送变电公司参加工作的，未婚妻也在同一个单位里。他们之间从认识到订婚时间并不算长，而恋爱的故事很简单，平常得不能再平常，他们只是"男大当婚女大当嫁"中的一对。

赵晨辉与未婚妻是同一年进的公司，在内部培训时认识，互相产生了好感。培训一结束就各自回到了自己的岗位，这中间有一年多时间他们是分开的，只是以普通朋友的身份偶尔在微信上聊天。后来公司有一个为期三个月的培训，两人加深感情的机会来了。就在这三个月中，他们确定了恋爱关系。再后来，双方父母见面、订婚，一切都是按照顺理成章的方式在发展。接下来，赵晨辉的家人朋友都在等待一场如期而至的隆重婚礼。

就在这时，赵晨辉被调到了雅江工程工作，接到命令，他就不远千里来到了位于大凉山深处的普格县。这是一个他过去从来没有听说过的地方，地处螺髻山下，是一个以彝族为主的深度贫困的小县。

赵晨辉第一次来到普格的时候，心凉了半截，整个县城就一条主街，建设非常落后；当地人的生活也非常单调，没有什么娱乐，找不到什么娱乐设施，比起大城市简直就是天壤之别。赵晨辉过去喜欢运动，爱打篮球，来工地的时候专门买了一只篮球，但那只篮球一直放在床下，起了灰都没有拿出来打过一次。

当然，到这里就是来工作的，赵晨辉的工作实在是太忙了，他根本没有业余生活，甚至可以说毫无生活可言。除了睡觉时间就是工作，按照赵晨辉的话说就是"除了工作，还是工作"。每天开会都要到晚上九十点，他只有在晚饭后的半个小时里与未婚妻通个电话，与声音见面，而这几乎就是他们的固定的"见面时间"。

确实，让赵晨辉万万没有想到的是，他一到工程现场后，结婚的事就发生了变化。他根本就没有时间回去结婚！

工地就是战场，工期计划排得紧紧的，没有丝毫的松动。原定2019年12月回去结婚，但一看情况不行，就推到了春节；哪知道春节前疫情暴发，只好推到4月；4月正是复工后工程最为紧张的时期，安全抽不出空，只好又推到7月；一到7月还是回不去，最后只有商量等近11月工程基本完了后才结婚，也就是说他们的婚期整整推了一年多。

推迟一年婚期，也许并没有大碍，但自从订婚之后，一直到我见到他的三百多天时间里，赵晨辉与未婚妻只有三天多时间在一起。在采访他的时候，赵晨辉拿出他们之间的聊天记录给我看，有九百多条，内容全部都是在说忙、忙、忙。未婚妻是陕西渭南人，一个人在西安工作比较孤独，想有依靠，生活中难免有抱怨。工作的忙碌，让他们无法相聚，赵晨辉说他们每天的工作有时要到凌晨一两点，早上7点起床，加班加点工作。每天都要协调人员管理，安排工作进度，编制方案，安排工器具的使用等，工作量大且琐碎，不胜其苦。

赵晨辉告诉我，他的父母都是教师，家教很严，与未婚妻在谈恋爱的过程中，也只是吃吃饭，看场电影而已，从来不会去酒吧。他们谈恋爱没有轰轰烈烈，赵晨辉只想的是同爱人在一起平平静静地好好过日子。他如今最大的愿望就是能够回到西安，或者每个月有一次探亲时间，但这近乎奢望。

"我现在最想做的就是在家里当一个宅男，好好陪陪妻子。"他说。

常言道，人生不如意者十之八九。忍受寂寞孤独，与亲人长久分离，赵晨辉刚刚踏上人生路，就感受到了人生中的诸多遗憾。其实，他是个内心情感比较丰富的人，从小喜欢文学，做过文学梦，这都与工地生活格格不入。赵晨辉讲起了他的"往事"，中学的时候他的语文好，本来是读文科的料，阴差阳错选择了理工专业，赵晨辉开玩笑说这是他人生的一个小小差错。

生活就是这样，你的人生看似有很多条路，但实际你走的就只有一条路。这条路没有对和错，只看你怎么去走。赵晨辉的人生之路才刚刚启程，相信辛苦的滋味一定不会少尝。

刚参加工作时，对赵晨辉影响最大的是他的师傅贺大红——一位电网工程上的老总工，干过很多项目，一生都奉献给了送变电事业。在赵晨辉的印象中，贺大红在晚上工作时一直都使用一盏小台灯，每天加班到很晚。由于他有高血压，长期使用小台灯导致眼底出血，视力急剧下降，现在已经从工作繁重的岗位上退下来，但仍然常常在一线指导。赵晨辉从师傅身上看到了质朴和认真，贺大红是个热心人，他把自己的学识和经验全部倾囊相授给年轻人、后来者，并且做到了耐心仔细、百问不厌。

对赵晨辉影响最大的有一件事，贺大红的女儿与赵晨辉是同年生的，据贺大红回忆，他到现在为止同女儿在一起的时间加起来，一共不到六年！也就是他有二十年是没有跟亲人在一起的，因为工程建设他长期离家在外，这样的牺牲让人感慨。

赵晨辉还记得一件事，在他刚刚拜贺大红为师之后不久，有一次贺大红就告诉赵晨辉："小赵呀，我真话告诉你，要是有关系能走就走，千万不要干技术岗！"

这些话道出了人生之苦，可能让赵晨辉一辈子都不会忘记！

参加雅江工程建设，每个人都在付出，艰苦的工作环境在考验着每一个人，同时也在改变着每个人。在工程中，尽管我们经常听到有人会抱怨工作压力大，生活枯燥，但谈到工作的收获时，又有另外一番感受。比如赵晨辉说刚开始参加工作时没有什么感觉，只是为了找一个饭碗，后来来到大凉山，看到当地的百姓很贫穷，地方很贫瘠、落后，他就突然觉得自己的工作有意义，很多辛苦是值得的，有种贡献感和获得感。赵晨辉仿佛突然看到了人生的闪光点，他说这一年多来，自己确实学到了很多东西，

"那么大的工程我都参加了，这也是一种荣誉，以后我会感到问心无愧了！"他说。

与赵晨辉相似的是雅江工程川1段施工项目部总工陈雨茗。

陈雨茗是个看起来比较敦厚、朴实的年轻人，2020年刚满二十八岁，是整个雅江项目上最年轻的总工。他是2015年7月才进入的电力行业，雅江工程是他参加的第三个项目，他先是在宣达线做工程信息工作，后来在木里项目当技术员。虽然年轻，他却是一步步地成长起来的，到了雅江工程他的责任更大更重了，从事业的角度陈雨茗是比较成功的。

然而，说起个人情感生活，陈雨茗却是一本"糊涂账"。2018年前他曾经相过五六次亲，但都聊不下去，一是没有时间见面，二是对方对他的工作状况比较挑剔，长期在外顾不了家，谁愿意跟你谈婚论嫁？为此，他苦恼过很长一段时间。

但到了2018年，机缘出现了。在参加同学的婚礼上，陈雨茗与现在的未婚妻对上了眼，两人越聊越喜欢，后来到桂林去旅游了一圈，两人便定下了情。又通过2019年的一段空闲期，两人接触的时间更长，卿卿我我，心心相印，也就决定结婚。

陈雨茗完成了一件人生大事，也就应该不再苦恼了。

但是，爱情是需要土壤和养分的，也需要精心的栽培和调理。自从参加了雅江工程后，特别是当上了项目总工后，陈雨茗就没有时间"谈情说爱"了，他连续三个月没有回过一趟家，每天只能与未婚妻在视频上连线。未婚妻则在憧憬着未来美好的生活，她一直在为他们的小家不停地忙碌，购

　　　　　　　　　　一 盏 灯 的 世 界

买家具电器，添置床被厨具，而期待的就是他们能有一段幸福甜蜜的新婚生活。

陈雨茗是2020年2月5日领的结婚证，本想利用春节期间把婚礼办了，但没有想到2020年初的疫情一来，计划全被打乱。雅江工程是全国最早复工的工程项目之一，当时很多地方仍然处在封闭状态下，陈雨茗接到通知马上整理行装，2月10日就赶回了工地，而这一去就是三个月。

到了5月1日，未婚妻利用假期主动来到工地"寻夫"，她看到丈夫每天都是匆匆忙忙在工地上忙碌，既无奈也心痛。问题是，她到了工地，陈雨茗也陪不了她，只是到了5月4日那一天，陈雨茗才抽空陪她去西昌邛海划了一回船，轻轻松松玩了一天。也许那是两人最为开心的一天，只是这样的开心太短暂，之后又要依依不舍地分开了，而那个布置好的家仍然在几百公里之外，仍然是一人独守空房，冷冷清清。

这一去，直到8月他们都没有见面。陈雨茗的苦恼又来了，过去为谈女友苦恼过，但找到了爱人，苦恼并没有减少，而这次的苦恼是两个人的苦恼。他当然想过平常人的生活，有正常的上下班，有法定的休假日，有空余的时间去看电影、吃美食、会朋友……陈雨茗的心中充满了内疚。

但是，命运让他选择了这一行，也就选择了作为建设者的艰辛付出。

"苦不苦，我常常是拿师傅的故事来安慰自己。"陈雨茗说。

陈雨茗讲起了他师傅当年的一个经历。有一年在4月间架线，山区的天气变幻多端。像往常一样，人正好在塔基上，不料就遇到下小雨，接着就开始飘雪。气温迅速下降，但人只穿着薄薄的工作服，师傅一直在塔上作业，看着雪在不停地飘，四周渐渐都变白了。从高高的塔上远远望去，视野极为开阔，那真是一幅壮观的千里江山图呀！要是拍摄下来一定非常美。

　　基塔上的师傅无心去看身边的美景，他已经被冻得瑟瑟发抖，但他必须坚持操作完后才能下来。然而，等他下来时，后遗症跟着来了，鼻涕喷嚏接连而来，他冻得够呛。事情还没有完，那天下雪后道路异常艰险，但必须下山，不然待在山上会冻死人。在下山的路上，车没有防滑链，完全是滑下去的，稍有不慎就会翻入陡峭的山谷，车毁人亡……

　　师傅的那一次经历给他很深的记忆。野外作业充满了风险，不可预知的因素随时都会出现。但是，陈雨茗从师傅的身上看到了一种精神，不离不弃的精神，是这种精神支撑着他走到今天。

　　这种精神也在无声地传承着。陈雨茗深知自己的责任重，工作不能停滞，只有牺牲小家来顾全整个工程团队的"大家"。但他与未婚妻不愧是90后，他们的思维也是属于90年代的，浪漫而富有朝气。陈雨茗告诉我，既然不能在家中办婚礼，他们想干脆在项目现场办一场"工地婚礼"，来纪念他们这段不同寻常的情缘，这不是更有意义吗？

　　　　　　　　　　　　一 盏 灯 的 世 界

实际上，就在采访陈雨茗那天，我在川1段施工项目部所在地看见一个两岁左右的小女孩在食堂一个人玩耍，觉得她挺孤单的，一问才知道是项目副经理邹浩的女儿。原来，邹浩的妻子为了照顾小孩和丈夫，辞职后干脆也来到了项目工地，成为一名"工地家属"。那一天，我看到住宿房外晾晒着不少孩子的衣服，仿佛突然想到了像陈雨茗这样的年轻人的未来，他们的妻子能否个个都那么乐观，选择在工地上结婚，在工地上养育孩子，而这样的家庭生活又到底能坚持多久？

在雅江工程中，像张必余、邹浩、赵晨辉、陈雨茗这样的年轻人很多，正在谈恋爱的、准备结婚的、已经有了家庭孩子的，从二十多岁到三十多岁，这是人生中最为重要的阶段，但他们的青春和热血都投入到了国家大型建设项目中，是获取还是付出，是退缩还是前行？这一切都在严峻的环境中考验着他们，追问着他们。

"忙啊！"：父亲的愧疚

2020年9月1日，是何昀晞开学后上学的第一天。

这一天，何昀晞的父亲、国网四川公司特高压工程建设指挥部副总指挥何尔文特别忙碌，上午到四川省发改委去谈事情，沟通问题，吃完午饭又参加会议，整整一下午。他本来想送女儿去学校的，毕竟是女儿的开学典礼。那天，何尔文其实正好在成都，但因为工作繁忙，居然抽不出一点时间，这一想法只好打消。

9月2日，何尔文一早出发回到西昌。但刚一到指挥部，就接到工作安排，要他第二天到北京开会。一查航班，西昌机场没有合适的航班，遂决定飞回成都，再从成都飞北京。

当天，何尔文参加了指挥部下午的安全会，本来会中给他准备了五分钟的发言时间，但会议内容多，发言人压缩了又压缩，但轮到他时已经没有时间，只好匆匆赶往机场。当天是下午5点20的飞机，晚上8点左右才回到家里。一回到家，他也顾不上家人，马上开始处理大量文件资料，为去北京做准备。

那天女儿放学回来，开学考试成绩下来，不是很理想，就跟妈妈拌了嘴。但何尔文没有时间去劝导和安慰，只给女儿说了三句话：第一句是考得不好没关系，不要伤心，要学会目标管理，哭五分钟后就可以了；第二句是要学会理解妈妈；第三句是遇到问题，随时给爸爸打电话。

他没有时间多说一句安慰的话，是因为何尔文的时间全部被工作挤占了，真的挤不出多的时间来，总是来去匆匆。

何尔文在雅江工程中主要分管路桥和协调工作，这是雅江工程的重中之重。

在路桥这块，雅江工程是中国当时在建工程中大件运输路程最长的，有140公里，且全是山路，坡陡弯急，运输难度很大。按规定坡度不能超过7%，但这里的坡度常常是在9%以上，必须要做降坡处理。为了解决桥梁承重的问题，要加固11座小桥，新修3座桥，其中有一座投资近1个亿的金水河特大桥。

雅江工程的协调更为棘手。何尔文告诉我，既要顺利推动工程进度，又不能破坏环境生态；既要保障当地百姓的利益，又要满足当地政府的要求，想要求得平衡太考验人了。难点在于原住户的要求很难得到满足，而政府规定的补助赔偿资金有限。何尔文说，在工程技术、安全管理上他不怕，有门道，心里有谱，而协调上就没有底，因为掌控不了。所以，何尔文最头疼的就是协调工作，太耗精力，担心太多，睡不着觉，每天夜里一两点就会醒。

"当领导的责任很大，怕签字，说句实话，这个权不好掌。"他说话很直爽。

但事情总要找到破解之道。何尔文说，干协调工作就两点：诚恳、诚信，离开了这两点，寸步难行。他做事比较有韧劲，当时为了办成一件事，他经常守在领导的办公室外等，后来连领导都说："何尔文呀，你是瞎子打老婆，扭住就不放呀！"

其实，何尔文也并非只用扭劲，他在做协调上有几点心得：一是尊重对方；二是把事情的流程、细节弄得越清楚越好；三是观察领导的行事风格，理解领导所思。只有这样才能够提高办事效率。

何尔文每天都在为协调和路桥工作忙碌着。

9月3日清晨天还没有亮，何尔文就赶到了机场，本来是8点起飞，但因为机场管制延误，直到10点30才起飞，到北京已经是下午1点过了。紧赶慢赶，终于赶上了下午2点的会议，但一开就开到了晚上7点30，散会后还有不少问题商讨，又耽搁两个多小时，直到晚上9点才解决完。

回到宾馆，何尔文只睡了几个小时，凌晨3点就起床去机场，赶早上6点20的飞机。10点到达西昌，他下机的第一件事是吃了一大碗面，把早上、中午的饭一起解决了。

回到指挥部，何尔文就马不停蹄地工作起来，他要解决雅江项目施工电源问题，协调金阳运输的事情，同时还要处理普格川2段熊家梁子停电架线的问题，一直忙到晚上。

这是他正常的工作情况，如果一遇到意外，就可能让他的工作生活秩序全部打乱。何尔文给我讲了一个他的"奇遇"：有一次，他为女儿办理学校的事情，在成都多待了一点时间，只好坐晚上的火车到西昌。但那次居然遇到了地震，火车在途中滞留达19个小时，人在车上是动弹不得。手机没有电了，只好找邻座的美女借充电宝，他不好意思充满，冲一次能用十几分钟，打几个电话，又赶紧关上一阵手机；等一会打开发现又有很多电话打来，工作上的、家里的、学校的，每一个他都得去回应，只好再去借充电宝，弄得狼狈不堪。

那些天，何尔文在不停地奔波，中间是工作、家庭、事业、教育夹杂其间，四十五岁的何尔文就在这样的"日常"中开始着他的每一天，甚至已经分不清他的每一天是从什么时候开始，什么时候结束。

何尔文是陕西人，1998年毕业于重庆大学电力专业，在他毕业那年正好实行双向制，学校不包分配，他是他们专业第一批自己找工作的毕业生，铁饭碗被打破了，得靠自己闯。

"投简历的时候别人问我有多高，我故意说得高一点。那时候进电力单位，我以为要去抄表，个头矮了别人不要。"何尔文讲到那段往事时，自己都笑了起来。

后来他到了西昌电力局工作，刚开始是在电力调度的岗位上，后来主动去一线，干的都是比抄表辛苦得多的工作，按他的话说是钻过缆沟，巡过线路，拿过打狗棒（常在山里行走，怕野狗突袭），睡过五元一晚的农民家里。何尔文是从班组长干起来的，但通过自己的努力，在三十三岁被破格提拔为副科长，2013年到成都电力建管公司当副总经理，本以为工作生活应该比较安定了，2019年又被调到雅江项目，重新又回到了西昌。

何尔文的工作地点相当于绕了一个圈，从终点又回到了起点。这样一来，他对家庭的照顾就少了，而对女儿的歉疚又多了一些。

何昀晞刚上初中，按何尔文的话说，"新三直"干完，女儿应该读大学了，这也就错过了她的整个青春期。在她人生观逐渐形成的时期，他这个父亲几乎都不在场。何尔文每次回家几乎都是在周末，而星期六、星期天女儿要补课，很少有见面的时间，与女儿的交流主要是在饭桌上，这让他颇为沮丧，总是想去弥补这样的缺失。

何尔文有个习惯，每次回成都，从机场出来，他都不是先回家，而是要坐地铁专门去给女儿买马卡龙，这是她最喜欢的零食。因为就这件事常常要花上两三个小时，何尔文不辞辛苦，目的是给女儿一点亲情补偿。

"我想的是多给女儿一点爱，女儿长期见不到父亲，情感就会非常淡薄，在我看来这是一种失败。我现在真的是别无他求，最希望的是女儿能够顺顺当当地成长！"何尔文说。

何尔文的经历其实代表了电网建设一线员工的普遍现状。这是一群特殊的人群，他们同一般人一样有血有肉，心中流淌着浓浓的情感，所以他希望人们尊重、理解、认可，"只有这样，这个行业才有希望"。

从雅江工程开始，作为副总指挥的何尔文就很少有空闲的时候，特别是开工之初，协调工作要打头阵，常常要赶赴各地去办事，他得把自己分成几块才能完成各项任务。

"我很想跟女儿好好谈一次，让她理解我的苦衷，但是，一次够吗？"

这确实是个沉重的问题，教育不可能一蹴而就，就像花朵一样，它需要时间的浇灌。

就在我见到他的头几天，何尔文又从成都飞往昭通项目上，但到机场才知道当地有狂风暴雨，航班取消。于是他只

　　　　　　　　　　一 盏 灯 的 世 界

好改飞贵州毕节，从毕节又坐了三个小时的大巴才到了昭通，他开玩笑说是"一天逛了三省"。

行走乌蒙间

见到高云峰是在云南昭通的雅江工程云1段施工项目部里。

高云峰说一口地道的昆明话，个头不高，戴一副宽边眼镜，穿着也颇为个性，但他说自己已经老了，"搞工程的人好像容易出老一些"。

高云峰算得是中国南方电网云南电力公司的老电力人了。生于1973年，有二十多年的工龄，他说自己老，是因为现在电力行业发展迅猛，人才正在年轻化，他项目下的总工才二十八岁，所以他称自己已是上一代的电力人了。

确实，长江后浪推前浪，这是大势所趋。他这一代也是奉献的一代，见证了中国电力发展最为艰苦的一段历史。

我们的谈话是从高云峰亲身经历的故事开始的。

高云峰从学校毕业后就开始干送电工的工作，那时才二十出头。他给我讲起了1998年建设"二普3回线"项目（二滩到昭觉普提开关站）的故事，那是他第一次参加大型电网项目的建设，至今让他记忆犹新。

当时项目所在点是在四川德昌县乐跃镇二道沟，也就是在螺髻山的后山上，海拔在2000米以上。从项目部营地到施工点要走八个小时，没有公路，全靠走路，沿途要不停地爬山，翻过一山又一山，汗水把衣服打湿了一遍又一遍，到天黑才能到达目的地，而那里就是他新的工作场地。

住的地方没有水，用水要到很远的地方去取。也没有电，一到天黑就只有数星星。床是砍松木来自制的，蚊虫在四周起舞，那是他们唯一能够听到的天籁"音乐"。每天再忙再累，下来也要自己洗衣服。头发长了只有自己剪，外界的信息几乎是封闭的，唯一对外联系的是工地上的一台高频电台。但当时的技术很落后，要两头设定时间通话，只能定时报告工程情况。

运输也极为不便，主要靠马帮，由于路途远，三天才能来送一次食物和生活用品。新鲜的肉食是不能带的，带到时早变臭了，所有的肉类都要炸熟后带进去。

那时候，高云峰刚谈恋爱，给女友写的信要托马帮捎带，信交到项目部营地，再由营地的同事带去邮局寄，等回信寄到邮局，再由营地转给马帮捎带进去，中间来回的时间要一个多月。

高云峰与女友谈了五年恋爱，真正在一起的时间不到半年，所以他们之间的通信非常珍贵。

"那时候我们的感情很好，天天在想，想死个人！但工地上没有电话，只有写信，有空就写，那是唯一的精神寄托。"他说。

高云峰在山里干了十一个月，那是他人生中最为艰苦的一段岁月，他与女友之间一共通了十多封信，每封信都是他爱情的见证，每封信都可以抵万金。

"这些信我一直保存着，以后留给儿子看。"他说。

其实，他是要把一段岁月给他儿子看，其中有青春与爱情、事业与人生。

后来，高云峰又在云南开远参加了220千伏弥开线项目建设，那时的条件已经好了很多，能够吃上新鲜蔬菜了，女友也可以过来看他，感觉好多了。再后来，高云峰在结婚四年后终于有了自己的孩子，他们的爱情之瓜是在艰苦的土壤里种出来的。高云峰说："想起那段生活虽然比较艰苦，还是有种甜蜜的感觉。"

但是，干送电这个行业，从家庭的角度上讲，就是意味着分离多于相聚，奉献多于收获。

高云峰后来仍然长期在外工作，团聚的日子仍然很少。他单在昭通前后就工作了十年，这十年实际就是与妻儿分离的十年，而这已经比他在螺髻山时的情况好多了。但是，家庭还是照顾不了，仍然是长期分居，这是他心中永远的愧疚。说起回家，他给我打了个比方，从地图上看，现在从昭通回昆明的家近便了很多，但转道去走高速仍然需要五个小时，而在山东干工程时看起来远，但坐飞机实际只要三四个小时。关键还在于，他平时就很难回家一趟，这么多年他只休息过一次年假。

说到他的儿子，高云峰的神情就有些黯然。

儿子已经读初三，但家长会他只去开过一次。因为长期很少回家，亲近不上，父子之间有些隔膜，儿子都有些怕他。儿子的成绩不太好，妻子也管不了，小的时候还经常视频通话，现在渐渐长大，性格也不开朗，接触更少了。他还说明年干完这个工程，他也就四十七岁了，就申请不干了，留在昆明工作，因为儿子明年就要中考，需要多陪一下，也希望他能够考个好的高中。

高云峰很感叹自己所干的行业，工作流动性大，四海为家。"不知道下个工程在哪里，天南海北跑，女孩子要嫁给送电工需要很大的勇气。"这句话有些戏谑的味道。

但话至此，难免不让人揪心。高云峰认为还是要做好培养下一代电力人的传承工作，让年轻人尽快成长起来，"这毕竟是一个有挑战的工作"。

话题很快转到了雅江工程建设上，那是他最乐意谈的，他对此也是如数家珍。

雅江工程云1段全长105公里，有259座基塔，经过了13个乡镇，大的县级行政区3个：永善、昭阳、彝良。线路起于四川金阳县金沙江西岸（N0801基塔），止于彝良县角奎镇新寨（N1060基塔），整体由西向东走线。

雅江工程云1段与其他几个工程段的进度相当，2019年9月23日正式开工，10月已经全面动起来。2020年受疫情影响，但2月26日就举行了复工试点，选择在N0911基塔进行。当时选择的条件是人最少、范围小、作业面积小、流动性小，在现场严密的监控下进行复工，那是一个特殊的阶段，他们必须小心翼翼地应对疫情，但他们熬了过来。4月份就开始组塔，7月底已经全线完成，然后进入放线阶段，计划在2021年春节前完成全部工程。

计划归计划，具体施工还要克服很多困难，主要的就是天气。据高云峰介绍，云1段地处乌蒙山山区，到处是高山大岭，工程场地99%在山区，又有90%在林区，最高海拔是3400米，大部分都在1800米以上，地理条件非常复杂。同时，乌蒙山区气候是冬季较长，气温要冷到春季后；最佳施工时期是4-6月，进入6月也就进入了雨季，下雨一直要持续到9月。眼下的情况是一周中有四五天下雨，只能工作一两天，工程常常受阻。山区中冰区不少，对施工造成难度，单40厘米的冰面段就有3段，分别是N0958-N0969基塔段、N0983-N0986基塔段、N0993-N1007基塔段。

"唉，雨都下烂了……"他站在窗前，望着远处雨雾弥漫的山脉。

确实在那几天里，高云峰一直愁眉苦脸，因为下雨工地停工，而接下来的天气并不乐观。据了解，在高峰期时有30多个班组在工作，人员齐备，干劲也足，大家一鼓作气，进度很快。高云峰好像对比较忙碌的工作更为合意，而一旦闲下来却忧心忡忡。实际上，真正的忙起来，他操心的事情也来了，有时从早上打电话，一直要打到下午，班组太多了。高云峰告诉我，干送变电行业，胃病是职业病，送饭时间不准，而且还常常吃冷饭，在工地上要正常吃一顿饭不易。

乌蒙地区经济落后，所在施工地区大多是贫困县。2020年又恰逢脱贫攻坚验收年，在交通建设上存在矛盾。要过大型车辆，对村村通道路难免有一定损坏，这就涉及赔偿问题，协调工作极难开展。由于没有属地公司的协助，所有工作均靠自己处理，其难度主要在压覆矿和房屋拆迁两大方面。

"拆迁就是开山辟路，我们只有依靠政府，有些点必须通过保护性施工来推进。"他说。

高云峰特别讲到了林木砍伐问题。工程施工常常涉及树林砍伐，但林业批复滞后，拖延时间。按照规定，在林区作业，就必须办理砍伐证才能施工，这就必然面临要去做好林业部门的协调工作，项目经理的压力和风险都很大。

在雅江工程乌蒙山山区工程段，要啃的硬骨头很多。高云峰曾经参加过山东环网工程的建设，按他的说法，大平原上的施工难度比山区项目小十倍。因为所有的塔位都能车到，不用翻山越岭，机械化程度高，山东一天浇筑3座基塔，而云南昭通是一天只能浇筑一条腿。

"没有一基塔是平的，都是高低腿，施工难度大。"高云峰补充道。

不仅如此，乌蒙山山区的岩石多是风化石，石质坚硬，一般要使用空压机来开凿，所以施工进度也快不起来。

云1段有4支施工队，从N0001基塔到N0029基塔，开车要三个多小时，中间的交通条件非常差。昭通项目部到最远的是N0801基塔，已经到了四川省金阳县地界的红联乡，地处金沙江边，单边行驶路程要四个小时。这座基塔跨越了川滇两省，也是整个雅江工程云南段的第一基塔。几个月后我就去了N0801，见到一群等在那里准备放线的云南工人，我当时就感到很吃惊，因为那里离昭通确实太远了。

跨越的地界越大，面临的困难就越多。N0801—N0807—N0820之间的基塔也是拆迁难度最大的一段，协调了七八个月。高云峰告诉我，有一座基塔已经浇筑了3个腿，但最后一条腿就是浇筑不下去，对方不让施工，开价太高。

其实，这一段因为高差大，也是施工的难点。其中从苏甲乡到大寨乡的N0820—N0837基塔高差近1000米，进入秋季后，其间的道路本来就崎岖，加之天气条件恶劣，常常有暗冰、泥石流等险情出现，工器具在张、牵两场倒运一次需要四五天时间。

"最大的烦恼是天气，今天已经停工五天了！下完雨还要等，等地干了才能干，最少又是半天。有效工期实在太短，赶不赢啊！"高云峰感叹道。

也正因为这里的难度，据说架线时间要在工程最后来完成，但是跨越金沙江，场景将是非常壮观，引人关注。这也是送电人的成就感最后呈现的时候。所以在谈起对这个"苦"工作的感受时，高云峰也颇有些自豪感，每每看到那些雄壮的基塔矗立在大地的山山水水时，总觉得自己没有碌碌无为，付出了那么多，并不后悔。

青春与银线做伴

雅江工程正在如火如荼地进行时，我选择去了云南，我想去看看那里正在发生的故事。

到云南镇雄的第二天早上，起床一推窗，只见远处山峦飘云，山色黛青。昨夜的一场雨让空气格外清新，人也变得神清气爽起来。

我这天的任务是到雅江工程云3段施工项目部采访。

刚一到项目部，就见到经理李延军愁眉苦脸的样子，他拿出手上的终端机给我看，上面显示的是各个工程点的信息，全是不利的情况：昨夜的大雨让山里的施工全停了下来！

我在心底暗暗"哎呀"了一声，刚才的诗情画意瞬间就消失了。

李延军今年三十二岁，但干特高压电网工程已经有十年，从基塔加工到施工员，再到总工、项目经理。他最早参加的是1000千伏皖电东送项目，那时他还是普通技术员，后来在2011年到四川美姑参加800千伏锦苏线的建设，又在2013年参加800千伏西浙线电网工程项目，到当上总工是在安徽淮上线电网工程，然后才是如今当上雅江工程云3段施工项目经理。

"我算是很幸运的，正好赶上我们国家大力发展特高压的时期，整个人的成长与特高压的发展是同步的，这一个电力发展周期可能会贯穿我的整个人生。"李延军说。

按照国外电力发展史，一般是二十年为一个更迭期，中国发展要快些，但也要十五年左右。李延军说，再过五年至十年国内特高压的高峰期就过去了，而他人到中年了。但到那时，国外的工程需求、国内的环网建设会跟进，行业也会转型，在运行、技改、环网配套、检修等方面强化，这是特高压的未来，也许还会用得到他，他会接着干下去。

一路过来，李延军对特高压有不少感触。他告诉我，特高压不是小工程，且都是明星工程，全社会的关注度高。所以行业内部的压力不小，检查多，监督多，对他整个成长有很大的影响。刚开始有压力，但现在见多了，有信心。李延军说起2016年去西藏山南参加环网工程建设，那是对他自己的一次历练。当时的情况是海拔高，缺氧，而且山高路远，生活极不方便，工程施工艰难，但是他们还是挺过来了。

"雅江工程不比西藏环网的难度小，而且情况更为复杂。"他说。

李延军谈到了云3段的工程"四难"：一是"属地难"，他举了一个例子，因为在工程线路上要建机场，只好改道，不然工程无法进行，多次跑北京协调后，原来设计的157座基塔最后是去掉了4座基塔；二是"跨越难"，沿途线路要跨越南方电网线路、高速公路、房屋、河流等，都要去协调，这涉及很多部门、机构，跑腿的事不少；三是"风俗难"，镇雄是三省交会之地，少数民族多，而他们是安徽的建设队伍，人生地不熟，感到水土不服；四是"环境难"，山区多，雨季长，冰雪雾天多，施工常常受阻。

李延军的总结通俗易懂，但从专业的角度，到底难在何处呢？

那天，云3段项目副总工汤小兵谈到了他的看法：一是地势险要，塔位有30%的上扬，塔材组装和放线难度增大；二是针对气候、地形复杂因素，使用的导线有30多种，增加了放线的技术困难。

搞技术的小伙子常天成也在旁边补充，他说修建基础上的难度还有很多。如遇到喀斯特地貌，打出了溶洞就非常麻烦，"一般基础要打13~15米，因为打到7~8米时出现空洞声，就知道遇到溶洞了，施工人员必须拴安全带下去施工。"

同时，坚硬岩石也多，增加了开凿难度。一把风镐有二十多斤重，带上山很费力，而山有1800~1900米海拔高度，对于长期在平原地带工作的监理富柏春对此感触太深。

"每次上山都有高原反应，浑身难受，像得了重感冒。"他说。

富柏春告诉我，他干了一辈子监理，从来没有见过这样的环境，极不适应；而且每天在山上穿梭，衣服都是湿的，雨雾太重。交通也艰难，监理项目部的车5台撞坏了3台，山路实在是太崎岖，富柏春当时用了"险恶"二字来形容。

建电网，首先是修基塔。云3段最高的是N1465基塔，有127.7米；最重是N1340塔基，有292吨。说起地势的恶劣，

N1341基塔到N1342基塔的高差竟然有270米，坡度超过了50度，这两座基塔立了一个月时间，人只能徒步上山，完全没有道路，每次单边要花一个小时时间。

"山间毒蛇多，爬虫也多，一个人走还是很害怕！"常天成说。

他讲到了一件自己经历的事，在N1451基塔检查验收时，在灌丛中发现了毒蛇，正立着个脑袋盯着他们，不停地吐着信子，当时就吓得不敢动弹。

雅江工程云3段的工程管理人员大多是年轻人，整个项目部有种青春的气息，虽然工程施工困难重重，但他们有一种不畏困难、坚强拼搏的精神。为了这个工程，这些年轻人付出很多。

"我们的青春，都投在了特高压建设上！"李延军说。

李延军说这话的时候，他已经有六个多月没有回过家了。

李延军的妻子是他的学姐，学的是同专业，也在同行业中工作，但这就注定了两人的工作性质是聚少离多。他现在最大的愿望是回家看看，守守父母，与妻子相见，这是他认为天下最幸福的事情。在电网工程中干了十年，李延军也谈到了对这份工作的厌倦感，他总感到工作无休止，干不完，压力大。所以他一方面需要保持激情去努力工作，自我加压，另一方面，他又需要自我排解，做到身心的调整，而这完全是一对矛盾体。李延军说他最喜欢的时间是每天的晚上8点，因为8点以后，工地歇工后就应该比较平安了；工人回到了住地，而他悬着的心也就轻松了，只有这时他会给妻子打上一个电话报平安。

在项目部，我见到了刚到这里技术员童鑫，一个瘦瘦高高，但看起来精精神神的小伙子。

童鑫是安徽淮南人，1991年出生，是天津科技大学的硕士毕业生。这次他是为技术创新项目——利用北斗定位系统的弧垂观察技术而来项目部的。我去的那几天，他已经做了两次实验，头一次雾不大，效果不错，但第二次雾大，感觉还未达到预想效果。他们为这个技术已经忙活了一段时间，本来是想通过它来解决架线在雾区的问题，但看来还需要进一步深入和调整。童鑫告诉我，他还需要在算法上下功夫。

"到雅江工程一线有什么感想？"我问童鑫。

他实话实说："比较艰苦。"

这并不出意料，说不艰苦肯定是假的。

他是第一次到云南，所有的一切都是陌生的，当时派他出来的时候很突然，他得到通知就来了。从某种意义上讲，他就是来吃苦的，一个年纪轻轻的知识分子不能只待在大城市的写字间里，他应该到一线来锻炼。

童鑫本来是打算在大城市生活工作的，而且他已经在合肥买了一套房子，为以后结婚准备的。但是，到了工地上，谈女朋友的事情推后了，未来的生活变得遥遥无期。不过，童鑫认为参与这样的大项目建设有成就感，眼界不一样，科研能够落地，能够出成果。他说看到塔立起来，还是有一种自豪，他说自己是"痛并快乐着"。

李延军也告诉我，干特高压虽然苦，但有存在感，每当看到一片荒芜之地，变成高塔林立，真的是感慨万千。

"每一个塔都有一个故事，就像养小孩一样，是有感情的，里面有很多人的奉献，有大量的感情投入。"他说。

在工地上，常常看到有人喊苦，但就是不走，其实是舍不得，同事间天天处在一起，同吃同住，感情日深，这不是用其他东西可以替代的。

那一天，我在雅江工程云1段施工项目部里见到了很多年轻人，他们大多来自安徽，当晚他们用安徽菜招待我，喝安徽的酒，大家没有隔阂，相谈甚欢。我能感觉得到，那是一群充满活力的年轻人，充满朝气，憧憬美好生活。而通过他们，也可以看到特高压工程的建设者们确实是越来越年轻化。

"年轻有优势，但按照行业的发展要求，光有年轻也是不够的。"李延军说。他认为现在的工程管理是越来越规范了，对每个人的要求都在提高，要求持证上岗，需要不断学习。李延军现在就在学工程造价，项目经理负责制让他要不断提升自己的统筹能力。

云3段的各类技术、后勤、管理人员有百人之多，加上班组有1000多人，这样庞大的队伍需要好的项目经理，而它最重要的前提条件是必须要有进取之心。

那天，我离开镇雄的时候，李延军告诉我，整个工程完后，他会最后去走一圈，全线再看看。作为项目经理，整个工程段的情况他可能是最熟悉的，那是他日夜牵挂的地方。但是，工程一旦建完，他说也许有很多地方再也不会去了，其实就是一次告别，告别亲自修建的那些基塔，也是告别自己的青春岁月。

塔下探访

"拴好安全带，戴好安全帽，地面人员不能穿越吊臂和吊件下方……"

在雅江工程川1段N0013基塔前，班长徐明对下面的施工人员大声喊道。

4月下旬，在疫情考验中的雅江工程川云段开始进入组塔阶段，这也意味着工程建设进入了中期。

蓝天白云下，山峦之间，人们常常可以看到电网飞越的雄姿，它们好像已经化为山水的一部分。但是，很少有人去想过这一幕幕的场景是怎么出现的，那些把基塔一座一座地立起，把一条条电缆横跨在千山万水之间的工人们，它们经历了怎样的艰难险阻？确实，人们离这些太远了，虽然每个人都离不开电，整个城市生活、现代社会的运转都离不开电，但很少有人会想起他们——那一群普通得不能再普通的电力人。

有人说，你不走到电塔下，你就不可能真正了解电力人的工作和生活。5月的一天，我来到了雅江工程川1段位于德昌县南山乡大田湾村的N0179基塔下。

一路上，悬崖峭壁，道路狭窄，弯道密集，险象环生，幸好是专职司机驾驶，但也感到稍有不慎，就要人仰马翻。在路上的时候，我紧张得不敢说话，生怕说话会让汽车失重偏移似的。好不容易才到了公路尽处，已经无路可走，我们只好下车，又步行半小时才到达塔基前。

一到目的地情况就不同了，只见蓝天白云，远山如黛，风景如画。远远可见德昌县城，路边林木茂盛，像桃子、核桃、板栗等随处可见，已是硕果累累，只要你想吃，随手可摘。但当地人根本是弃之荒野，无人收采，据说运下山也卖不了多少钱，运输成本大于水果的价格，这让人不禁有些为之叹息。

N0179基塔就建在这一片大好景色之中。

人未到，还在一个转弯处，远远地就看到N0179基塔矗立在一个陡峭的山坡上。低头俯瞰，则见刚才走过的道路已经变成了一条盘旋的细线。越走越近，塔越来越清晰，在阳光照耀下，那银色的钢架在蓝天下被折射出一种极富诱惑的亮光。

塔下正有十几个工人在紧张工作。他们基本是当地人，大多是傈僳族。

大田湾村是傈僳族的聚集地，据说凉山州的傈僳族非常少，主要就集中在这一小片居住。这是个很小的族群，在当地的人口全部加上也不过千人左右。但他们有自己的语言，上桌吃饭，与彝族聚居区的生活习惯有不小的区别，并且姓名都是用汉姓，明显受汉族的影响比较大。这是一个勤劳、温和的民族，在历史上很少与邻族发生纠葛和冲突，守着自己的一片天地，也守着千年的宁静岁月。

正在工地上忙碌的，就有一个傈僳族小伙子，叫纪小云。他一直在工地班组上当工人，跟着班组走，干了九年电网工程，走南闯北，前后干过三个电网项目，也算是老送电工了。

让我没有想到的是，纪小云的家就在N0179基塔对面的一座小山上，一眼就能望到。这真的是太偶然了。

那天，纪小云顺手指给我看，直线距离大概只有300米，他来回都是骑摩托上班。远远望去，是个两层的楼房，有块白色的院坝，也许他的孩子正在院坝上玩耍。他的祖祖辈辈都居住在那里，但在过去，山区百姓的生活非常艰苦。据纪小云讲，由于山里地形狭促，他们村除了种烟草以外，基本没有什么成片的庄稼种植，如今那些远远近近的田野里都种了碧绿的烟叶，但有限的经济植物收入并不能让他们致富，仅仅能维持基本生活而已。

要挣更多的钱，单靠那些贫瘠的山地是不行的，他们必须要走出去。纪小云就是他们村走出去的一个，他正处青壮年，必须出去闯一闯。后来，他幸运地加入了电网工程的建设之中，每年能够为家中带来十万元左右的纯收入，这对他的家庭来说，是个根本性的改变。所以现在他可以修房，可以买车，可以让孩子到城里的小学读书，客观上讲，这真是一个了不起的改变，而经济的改变是乡村振兴中最重要的一环。

此时正是下午2点左右，工地上的工人正在作业，旁边一块空地上堆放着他们中午吃剩的饭菜，工人们一般都是在施工现场附近解决吃饭问题。工人收入不错，正常一个月大概有一万元左右，但风险大，比较艰苦，看他们吃剩的饭菜就知道，冷冰冰的，从山下送来的饭菜到山上时已经不热了，而他们只能凑合着吃，只要能够填饱肚子就行。冷饭冷菜对肠胃毕竟不好，幸好是在夏天，要是在秋冬天问题就比较严重。

N0179基塔处在山坡的正面，正当风口，我围着它走了一圈。风很大，吹得基塔钢架都在吱吱作响，80多吨重的钢架都有种极不安稳的感觉。

但纪小云说风不大呀。他们好像已经见惯不惊了。

确实，对他们而言，这样的环境和施工条件算是不错的了。陪我一同到这里的雅江工程川1段施工6队队长舒惠祥就很有感触，据他介绍，在他的6队所在的基塔点位上，比4队的这个N0179基塔环境要恶劣得多，这段时间常常是云雾缭绕，风力达到六七级，根本无法作业。工人只有躲在一边等天气变化，一俟转晴，马上开始工作，不然雨一来又无法施工。他说，他们的工作就是在与老天爷周旋。

据舒惠祥讲，他们6队有几座基塔在无人区内，道路比今天我们走的路还要险峻得多，汽车根本无法上去，只有靠走路，一趟单边就得几个小时，来回一次就得花上大半天时间。所以在前期运送物资过程中，他们还用过当地的马帮。

舒惠祥还给我讲起了一个他的亲身经历，他们有个塔基在海拔3000米的深山老林之巅，平时几无人迹，来回均靠步行。但去往工地的途中有野生动物出现，来回行走让人提心吊胆。

有一天，他们二三人同行去山上的塔位，一路上密林蔽日，雾气沉沉，让人不由得加紧了步子往前赶。正走着，冷不丁听到一种奇怪的声音，四周一打量，却没有发现什么异动。又继续走，但仍有窸窸窣窣的声音传来，且越来越大。

心陡悬了起来，毛发乍立，几个人脸色大变，不禁打起寒战。

声音还在附近不断聚集，而且越来越大。刹那间，一阵急促的气喘声已到背后，连忙回头一看，大吃一惊，一群猴子就在他们的屁股后面，仅仅数米之远。这还了得，赶紧夺路而逃，但这一吓早让他们魂飞魄散。

像N0179这样的基塔，在川1段的施工队中，每个队都有不少，如4队有41座，6队有25座，但由于所处区域不同，施工难度也不同，工程数量自然也有区别。每个施工队的队长一般都有一二十年的工作经历，多次参与过大型电网工程的施工任务。如4队队长黄定红是1976年出生的，初中没有毕业就换岗到送变电系统工作，1994年从二自线工程开始，一直干到现在，已经成为工地行家。

之前他曾带我去亲历了一次拆迁赔偿的协调工作，我们也就算是比较熟悉了。这一天，黄定红也随我到了N0179基塔，而此基塔正由他具体在管。在工地上他与工人很随和，性格比较直率，主动递烟，偶尔也要吩咐几声，工人好像都很听话，走的时候还摘了几个新鲜的桃子给他带走。在下山时，道路依然陡峭颠簸，而且从上往下看，更觉得险峻。我使劲抓着车上的把手，夹紧了屁股，而他与另外的人却在大声说笑，完全不当回事，看来这大概就是施工一线的生存风格，见惯不惊，临危不乱。

黄定红有丰富的工作经验，对现场了如指掌，在他管理的41座基塔中，哪里有树，哪里有田，哪有房屋都清清楚楚，施工专业上也是极富经验，被雅江工程指挥部评为了"工地之星"，所以他是真正的工地权威。很多人说，一线施工队长的管理能力不是从课本里学来的，而是从实践中磨炼出来的，工地的管理真的是离不开他们这些人。

电网建设的主要工作主要为三：一筑基，一组塔，一架线。其实这也是施工的三个阶段，每一阶段都有其难点，但从风险的角度来看，后两者明显要比前者大很多，主要是涉及空中作业，这自然比平地施工困难多。人们常常在电视上、照片上看到那些英姿飒爽的架线工人，但他们的真实生活却鲜为人知。在云南采访的时候，我就采访到了一个架设电网的"空中人"。

盛夏的一天，艳阳高照，我来到了位于云南边界的N1336基塔，当时是云3段的施工5队架线班组正在作业。N1336基塔的具体位置在云南省镇雄市伍德镇往山上走5.2公里的地方，我就是在那里见到了架线高空作业的工人王峰。

王峰是安徽淮南人，今年三十岁，干这份工作已经有十一年。

这是个中等个头的小伙子，显得很精干，脸色黝黑，一看便知这都是日晒雨淋的结果。此时他刚刚从塔上下来，一身大汗，坐在一旁休息，我便走上去同他聊了起来。

"小伙子，对面的是什么塔？"我问他。

"直线塔。"

"容易爬上去不？"

"还好。"

"什么塔最难爬？"

"猫头塔。"

高压线塔分为直线塔和耐张塔，猫头塔是直线塔的一种。王峰说的所谓猫头塔，顾名思义，就是那种样子看起来像猫头一样的高压线塔。

王峰体力充沛、动作敏捷，行动如猿猴，上塔一般只需要十五分钟左右时间。但他说刚开始时有些害怕，不敢看下面，毕竟有那么高的高度，但现在已经习惯了，"爬得太多，就没有恐惧感了"。

不过，高空作业不是每个人都能干的事，这碗饭不好吃。在基塔上作业，最为紧张的时候是过走板，震荡大，摇晃；翻横担时特别费体力，没有好的身体不行，所以他们每年都要体检，要求比较严格，身体稍有问题就不能高空作业。

王峰上过的基塔最高的是280米，那是在电网飞越磷韶长江大桥时，央视都在现场直播过。像此时我们眼前的塔还不到70米，对他而言是小菜一碟，说起这个他有些自豪。

王峰还告诉我，架线时一般是上午上去，正常是要在上面待五六个小时，有时长达八九个小时；中午要在上面吃饭，撒尿也在上面，只有大便憋不住了才下来，但再上去是很费力的事情，一般每天最多上去两回，其强度不亚于跑半个马拉松。

王峰长年在外，很少回家，他的家就在基塔上，而他就像塔上一只随时可以向家乡瞭望的小鸟。

那一天天色已晚，他们也即将收工，我突然想到跟着他去看看他们的居住地。

王峰所在云3段施工5队暂住在镇雄县赤水源镇上的一处民居小楼上，几十号人马都安营扎寨在那里。

从山上辗转下来，走了近一个小时，一到居住点，正是小镇上炊烟袅袅的时候。

施工5队居住点上有一对老夫妇在煮饭，他们是从安徽请来的，队上的工人几乎全来自安徽。旁边早已蒸好了几大笼馒头，汤也烧好了一大盆。这顿饭是四个菜，已经做好的是一道热气腾腾的烧鸡块，安徽风味，菜香四溢。

施工5队队长叫刘士杰，他告诉我，他们住的地方赤水源镇离基塔很远，且战线漫长，所以吃饭问题比较难解决。他们是每天早晨6点吃早饭，7点就要做午饭，9点就要派车去送饭。沿途要送6个作业点，到放线的时候更多，每天要管30多个人的吃饭问题，这事情还不简单，一座耐张塔配备两个人，一座直线塔需要配备一个人来应对。

一线工人们一般是吃完早饭即开早班会，开完即分赴各个点位，下午完工才回到这里。

由于每天的工作很繁重，下山来的工人主要是尽早休整，所以他们的业余生活非常单调，基本就是吃饭睡觉而已。虽然住在镇旁边，但他们与当地人基本没有什么接触，非常封闭。这是一个特殊的群体，工人们大都是同乡，大家彼此都比较熟悉，一天下来大家都比较累，最多是在吃饭时喝点酒，然后看看手机、电视，一般没有娱乐，最迟晚上10点就得睡觉，这是要为明天准备充足的体力。

由于远在异乡，这些工人们每年只有集中在一个月回家探亲，一般是在年前年后和工地转移的时候，那是他们固定的休假时期。而在平时，他们都要待在工地上，直到这个工程干完，又会转战去另外的工程，北西南东，风雨兼程。

那一天，离开赤水源镇的时候，天已经快黑了。车从施工5队居住点开出来的时候，我看到王峰正站在外面一块空地上打电话，本来想给他打个招呼，但车很快开过去了。

路上的时候我想，王峰一定是在给他的父母妻儿打电话吧？他会讲些什么呢？他会把每天工地上辛苦劳累的生活讲给他们听吗？

万家灯火之时，他也有一份遥远的牵挂。

五、播撒爱心：一盏灯的温暖

　　一堆篝火是温暖的，一缕春风是温暖的，一盏明灯是温暖的。

　　人间需要一堆篝火、一缕春风、一盏明灯。

　　但最温暖的是人心，它胜过篝火、春风和明灯。

　　电力人就是送温暖的人，他们送来的不只是电，还送来了人间的真情。哪怕是在大山深处，只要有电网经过的地方，就有电力人的脚印，就有他们对当地百姓的帮扶，就有说不完的爱心故事。

　　有了灯，黑夜不再漫长；有了电，就能改变贫困和落后。

　　有人说，他们就是漫长黑夜中的一堆篝火，寒冷大地上的一缕春风，贫困山区里的一盏明灯。

待到苹果秋收时

电缆经过了多少地方，电力人就走过多少地方。只要是干过几个工程下来的老电力人，都是跑遍了万水千山的"旅行家"，他们可以自豪地说，这一辈子真的是见过了名山大川。

但要是真同他们摆起龙门阵，他们往往不是说他们丰富的"游历"，而是讲起干工程的难。

那么，雅江工程难不难？难！

难在何处？这个问题如果要让他们回答，不知道要细数出多少答案来，但归纳起来主要有下面几点：

一是雅江工程沿线群山耸立、沟壑纵横，线路途经海拔最高、冰区最重、林区最广、无人区最大的区域，均在地形复杂多样，气候垂直、水平差异十分明显的大凉山地区，工程任务艰巨，面临的施工挑战众多。

二是雅江工程项目处在高原季风气候区，当地干湿季节十分明显，降雨集中的夏季是泥石流、山洪、塌方等地质灾害频发期，而少雨干旱的冬季又是森林火灾的高发期。同时工程沿线地质活动断裂带纵横交错，地震带几乎覆盖全线，凉山、宜宾等又是全国少有的高烈度地震潜在区。

三是大件运输难。雅江工程涉及到了大型重装运输，重达350吨的工程换流变压器要通过大件运输到目的地，将面临凉山州境内山路、桥梁、隧道等多重考验，这也是迄今为止国内换流站运输难度最大的大件运输。

这段线路是这样的：工程大件设备在经历千里水路、铁路运输后，在西昌再换装到公路，穿越多座高山后，送到100公里外的换流站；山区高海拔长坡、连续性急弯的运输道路，极易造成车辆失衡、侧翻，对运输组织和安全保障提出了更高要求。

但是，工程任务最为艰巨的还是在拆迁上。

为什么呢？自然条件的恶劣终是可以克服的，可以通过技术助力和安全管控来解决，把难度系数降到最低。但拆迁是与人打交道，是做人的工作，这就要难很多。人的工作往往是最难做的。

在雅江工程中，同期要建成各类线路工程，时间紧、任务重，工程体量庞大，建设周期集中。但工程沿线房屋的拆迁有近40万平方米，工程大部分是在少数民族地区进行，同时沿线的云南昭通，及四川凉山、宜宾境内的美姑、昭觉、金阳、普格、屏山等非国网供电区，信息沟通及属地支撑相对较弱。拆迁、砍伐赔偿工作如果不下大功夫，根本行不通。

大凉山地区盛产苹果，特别是盐源一带，苹果是当地老百姓种植最多的经济植物。盐源苹果主产区均在海拔2500米左右的盆地内，具有多日照、半干旱的冷凉高地气候特征。在这样的气候条件下，盐源苹果呈现出了皮薄、肉嫩，口感香甜脆的特点，而它以果大、色鲜、味美而闻名于世。

雅江工程核准建设是在夏末秋初，正是苹果快要成熟的时候，而它的起点就在盐源县，正好要穿过盐源县境地，电网建设难免不与苹果树相遇，而问题也就来了。

2019年12月，雅江工程川1段施工项目部的月度例会纪要中这样写道："现目前处于无法施工状态。"

为什么无法施工呢？就是因为苹果树。

原来，在施工过程中，川1段施工项目部的工程计划被苹果树挡住了，因为他们在涉及苹果树砍伐赔偿上遇到了棘手的难题。

事情是这样的，工程经过之处，难免经过一些苹果地，占地就需要砍伐一些苹果树；砍伐树木就需要赔偿，赔偿政策是有法可依的。但问题就出现在去砍伐苹果树的时候，当地一些老百姓要求赔偿的金额很大。如在该段N0001基塔到N0035基塔之间，百姓提出的赔偿费用是政府补偿文件中许可的2-3倍；从N0036基塔到N0062基塔之间，当地百姓要求的赔偿费用更高，是6-7倍。按照补偿文件办，单棵最高为350元，而当地百姓要求每棵赔1000-2000元，根本无法协调，只好停工等待。

还有更为严重的情况，在清点苹果树的实际数量时发现偏差太大，一夜之间居然多出了不少树木来。原来在果树招标工程量时的总数为3750棵，但实际清点总数为10251棵，一下子多出了近6000棵出来，就按350元一棵算，也得多赔出200多万元来。

很明显，这样的"奇迹"明显是抢种的结果，有些人趁着赔偿前又栽了不少树。而这一种，果树密度变得很"荒诞"：本来果树种植平均间距为3米，而根据设计提供的临时占地面积估算，单基果树量平均量达到了200棵，有人形容，树子密得连鸟儿都飞不出去。

当然，面对这样的情况，怎么协调都很难，施工也就只好停了下来。

刘事孟是雅江工程中专门负责解决拆迁中"疑难杂症"的人。他告诉我，遇到这种情况也并非没有办法，解决方式是通过航拍及三方签证的方式进行现场数量复核，寻找"原始证据"，原来是什么样，后来是什么样，要以事实说话，弄虚作假肯定不行。只要收集到佐证材料，再寻求地方政府的帮助，就可以重新组价。

"苹果树赔偿只是工程中的一个问题，我们遇到过好多千奇百怪的问题。"他说。

小刘刚三十岁出头，人很精干、机灵，有亲和力，搞协调工作已经有点年头了。他过去在康定电力单位工作，后借调到国网四川省公司发展部，这次又到了特高压指挥部"建设协调办公室"，他是靠实实在在的工作走到现在的，这份工作不动点脑子、没有点冲劲是绝对不行的。

刘事孟是从工程还在谋划阶段就先期进入的。

所谓建设协调，也就是做工程的开路工作，一方面要同各地政府建立协调机制，一方面要对属地的各种资源进行统筹。按照俗话说，就是要搞好关系。

在工程前期工作中，应该说他们的效率是非常高的。刘事孟给我举了一个例子：为了加紧办妥林勘手续，拿到保护区准入许可证，积极推进工期，他们从县上到省上只用了七天时间，而从省上到国家林草局只用了两周，节约了两个月时间。话说简单，但真要把层层环节疏通，恰当处理好各种关系，这些要跑断腿的事情都需要用心用力去做。

"有时候找人家办事情，便饭总得吃一顿，也难免不敬几杯酒。但酒会伤身体，又不得不喝，喝了好说话，真的很无奈！"小刘说。

中国人讲人情，不讲人情行不通。人情虽然要讲，但并非讲庸俗社会学，他们做事情有个原则，就是不能突破底线，不能踩红线。刘事孟告诉我，"不能违反八项规定，做事情要干净"，因为他们做的是阳光工程、廉洁工程。

"一切为了保通，保通是第一位的！"他又说。

我突然明白了刘事孟的工作的重要性，具有开路先锋的性质。但是，开路之难是外人难以想象的。在房屋拆迁中他们要遇到语言、习俗、文化差异等问题，而工程诉求与百姓诉求之间的矛盾，以及政府支持力度的薄弱常常让他们感到手足无措。

"云南的压覆矿涉及探矿权，三家老板要价几千万，不然就带人阻工，咋个弄？"他无奈地摊了摊手。

政策问题是一时无法改变的，也不是他们能够改变的，但工程要继续，必须按计划推进，除了舍命干工作，绞尽脑汁想办法，刘事孟说他们是别无他法。

刘事孟的妻子曾在重庆工作，两人长期两地分居，"来回的车票都装了满满一盒"。后来妻子调回了成都，刚刚结束了牛郎织女的生活，雅江项目又来了，小夫妻俩又只好分开。

"我已经很习惯这种生活了，过去在康定工作时，高速路还没有通，回家一次要翻山越岭走一天，起早贪黑才能到家。现在的情况好多了，领导对我的工作很支持，没有理由不好好干。"

刘事孟告诉我，从工程一开工他们就开始谋划，当时是9月，正是苹果成熟的时候，对他们的考验开始了。

但现在的树木砍伐是要做到精准，不能用过去粗放式的办法。一方面，砍伐树木要讲科学，他们实施了林木砍伐精确统计信息在线可视化展示，利用技术手段实现砍伐范围准确、清理高度精确，对比林勘报告，来控制砍伐成本。

之前说到的苹果树抢栽抢种现象，在工程建设中发现有多起，如他们根据航拍图片对照设计图纸，结合现场复测，就发现川1标段盐源县N0001-N0007基塔附近苹果树数量超过设计图纸量很多。他们的办法是及时向特高压指挥部汇报，将之列为重点林木砍伐区域，在做好合理合规砍伐的同时，依靠地方政府做好通道保护措施，让工程进度未因苹果树的砍伐问题而受到影响。

另一方面，为了让果农把最后的苹果收完，刘事孟他们又亲自到盐源去蹲点，在凉山供电公司的配合下，对80多户果农、两万多棵苹果树进行了合理赔偿，处理了各种善后问题。

值得一说的是，国网凉山供电公司作为属地公司，在四川特高压整体工程建设中发挥了积极的作用。

"特高压是一个为世人瞩目的大工程，责任重大，任务艰巨。我们作为在凉山的兄弟单位，理所当然要积极配合，冲锋在前。"国网凉山供电公司总经理王戈说。

国网凉山供电公司党委书记王锐也介绍道："根据工程建设进度，我们创新开展了'送协调服务'上门活动，现场召开工程协调推进会议，梳理排查协调隐患事件，及时处理建设协调难题，做了大量的工作。"

为了营造良好的特高压工程建设外部环境，该公司搭建了与地方政府定期协调工作机制，积极促成州、县两级政府成立了5个特高压电网建设领导小组，他们派出了得力的工作人员分赴各个点，逐一解决各种难题，为工程建设扫清了障碍。据统计，凉山供电公司在2020年中累计完成房屋拆迁协议签订300多户，拆除200多户，可以说是为西电东送事业立下了汗马功劳。

"那段时间天气太热了，衣服从没有干过，人都快要中暑了，但我们的工作人员仍然头顶烈日，深入到农户家中，

一盏灯的世界

耐心细致地做协调工作。"国网凉山供电公司副总经理潘海涛说。

正是一种无私的奉献精神在支撑着他们，才换来了雅江工程的顺利推进，也才赋予了工程丰富而神圣的内涵。

其实在这个过程中，雅江工程为了让当地老百姓更多受益，他们尽量让苹果采摘完后才进场施工，这样就保证了老百姓多一些收入。然而，工期紧迫，如何协调这个矛盾呢？他们的脑袋里有帮扶意识，所以是尽可能腾出收获的时间，让那一季苹果顺利下树，销售出去。到10月18日，苹果全部收完，树子砍伐完，刘事孟他们按时将工程场地移交给了施工单位。

"这一仗总算打下来了！" 刘事孟说到此处，脸上有了笑容。

与物联网共舞

"蜀道难，难于上青天"。而修建雅江工程之难，是因为它地处四川大凉山山区，群山纵列，行路崎岖，可以说它就是"蜀道难"在四川西南山区的集中反映。

那么，怎样才能破解地理环境的重重围困？

在过去除了望洋兴叹，只能靠人力的巨大付出和低下的施工效率来完成。像雅江项目这样巨大的输电工程，要是还在八九十年代，最少也要花费五年至十年才能竣工。但是，现代工程建设的最大特点就是技术的不断进步，特别是到了互联网时代，利用互联网来为工程建设助力已经成为一大趋势，"蜀道难"已逐渐被征服，变为了"蜀道通"。

在之前采访特高压指挥部技术部主任李崇斌的时候，他就讲到了随着施工的智能化，物联网技术大有用武之地，且发展空间巨大。

所谓物联网其实就是新一代的信息技术，意指物物相连的互联网。即通过射频识别、红外感应器、全球定位系统、激光扫描器等信息传感设备，把任何涉及对象物与互联网相连接，进行信息交换和通信，以实现对物品的智能化识别、定位、跟踪、监控和管理。

早在2009年，国家电网为提高输电线路运行安全水平，就提出了"坚强智能电网"这一新概念，其核心就在输电线路在线监测系统上。它就是应用的物联网技术：前端的信息采集、监测信息的传输、信息的处理与诊断。实际上，在输电工程施工建设中，物联网也是参战队伍中的一员，且扮演了如虎添翼的角色。

在雅江工程川1段施工项目部的办公室里，我看到了一个很大的电子沙盘，有半张乒乓台那么大。工作人员将它打开，瞬间一个亮屏跳了出来，上面可以演示整个项目地貌的全景以及每个塔位的情况，犹如一个立体的缩略地形图，非常直观形象。

　　　　　　　一 盏 灯 的 世 界

我随意指着其中的一个点，很快这个点就会逐渐放大，出现清晰的图像，如某基塔的具体参数，位置在哪里，海拔、经纬度，周边环境是什么样的，山地、森林、湖泊，一目了然。

就这样一个大屏，几乎装下了整个项目段的工程管理数据。这就是现代网络高科技融入工程建设的实例，也是物联网在雅江项目中的具体应用。

与物联网相匹配的还有报警装置、无人机巡线、防山火装置等高科技应用，这是工程一线不断出现的新鲜事物。其实，这也是给工程管理注入的新内容。

搞过工程的人都知道，工程建设中的三大核心是技术、安全、质量，但真正最为重要的是管理。没有管理，技术、安全、质量等就是一句空话。对于如何管理，传统的管理与先进的管理方式会有很大不同，而与时俱进，重视先进的管理手段和技术是雅江工程的一大特点。

总指挥王永平先生有个管理的大局观。在他眼里，四川电力正面临一个高速发展期，在十四五规划中，水电大开发，完全停不下来。所以对四川电网的发展提出了巨大的考验，他说这首先要做好管理策划，向管理要进度，向业主要工期，叠加推进，助力四川资源转化，把四川的能源优势变为经济优势。就在这几年中，四川将连续建设7条特高压，预计在2023年，四川电力的拐点将会出现，这将是四川电网发展的里程碑，在电力资源发展模式、管理模式、营运模式等上都会出现大的变化。所以，这就提出了更高的要求，四川电网不仅要有大国工程的政治责任担当，也要服务于地方经济，还要体现经济效益。

这是发展大局。具体到每一个工程项目上，却更需要的是实际管理的能力，这似乎是王永平更为看重的。

如今在手段、装备上已经有长足的发展，无人机、安全管控平台、安全帽APP等，大数据在工程中的运用越来越广泛，所以在环境变化大的情况下，借助成熟的管理经验、技术是工程管理质量的前提和保证。王永平曾经讲到一件事，在招投标时，乙方单位在介绍自己时总是说自己的产值多少，而他会问对方这个产值是怎么组成的，关键的重型设备、安全防护设备、创新科技技术设备等有多少。

"只有了解了这些情况，才会知道对方的实力究竟如何，才能够放心干活。"王永平说。

为了保证放心干活，雅江工程在这点上从一开始就做了大量的工作，每个施工单位都有不小的技术设备投入，特别是在物联网的应用上。如云2段项目部为了解决云南高海拔区域，放线时间段大雾天气多，能见度低等气候的影响，塔上护线人员无法正常观察牵引走板、导牵引绳及导线的展放情况，就采用了无线高空摄像动态视频传输技术，而这正是物联网技术的工程具体应用。

那么，这个技术是如何应用的呢？他们在放线施工区段建立专属动态传输画面的自组网络，配备相应的无线微波装置、无线发射装置、网络转换器、高清网络摄像头、监控装置、航空雾灯、光敏开关、中继站、笔记本电脑等，然后组成了一个动态视频传输系统。

特高压工程的特点是走廊宽、路径长，房屋拆迁规模大、林木砍伐量大、跨越多且复杂、高风险多，管控不力极易导致工程受阻、造价增加和安全失控。这正是物联网大显身手的地方，像"无线高空摄像动态视频传输技术"就是其中的一个实例。

物联网在雅江工程上发挥的作用，还体现在房屋拆迁、林木砍伐、重要跨越和风险管控等方面上。这个工程，国网四川公司特高压指挥部开发了"四精"风险管控系统（即精益房屋拆迁、精确林木砍伐、精准三跨管理、精细风险管控），作为基建管控平台功能的延伸和补充，在风险识别的同时，推行风险预控、风险模拟，把管控工作前移。通过数字航拍技术、地理信息系统、移动互联、BIM、人工智能等先进技术，又通过物联网将它们连接在一起，建立具备"全面监控、动态跟踪、及时预警、识别查证、及时干预"功能的精准管理体系。

有了物联网，崇山峻岭中的雅江工程变得如电子大屏一样清晰，数据随时从一线发回，两端信息畅通，这样在事前分析、风险预判、动态管控、及时纠偏等方面就非常及时和有效，比传统的管理方式先进了不知多少倍。在充分利用信息化手段之下，也保证了工程安全、高效、环保、节约、均衡有序的建设。

在物联网上，每一座山、每一条路、每一基塔、每一棵树、每一根电缆都变得清晰起来。

雅江工程实时监控川云段房屋拆迁85000多平方米、林木砍伐149000余棵、重要跨越39处及所有三级及以上风险作业，能够做到如此精确、到位，这都是应用物联网后取得的实绩。

然而，高科技并非纸上谈兵，我们在化解这些数字的时候，会发现它们仍然需要有大量具体的工作要做，巧妇难做无米之炊，每一个数字获取的背后都是基础性工作的大量投入。从雅江工程房屋拆迁、跨越方案设计、风险管控、现场作业安全等几个方面来看，工程现场最初要做大量的基础调查和采集，将数据、图片及时传回，才有后方将之变成图表、模型的可能，而越是详细资料收集，越是能够为后期工作提供精准的分析数据和管理依据。

在房屋拆迁上，物联网就是一个万能的管家。

它能将采集的数据信息归类处理，逐基、逐档、逐户分析房屋拆迁情况，并全面准确掌握房屋结构、类别、面积、拆迁成本以及拆迁进展，做到科学拆迁。有了物联网，就可以进行组织拆迁与避让方案造价对比分析，优化路径避让、锁定房屋拆迁量，提前签订原则协议，采取多渠道协调等方式防范重大造价和阻工风险。在过去一般是采取边建边迁、边建边改，情况非常被动，阻工频繁。有了物联网，则有促

　　　　　　一　盏　灯　的　世　界

进提前介入、重点督导的作用，最后实现拆迁顺利、施工顺畅、投资可控的目标。

要穿越茫茫林区，物联网就是一双翅膀。

雅江工程在实施林木砍伐精确统计信息上，采用了在线可视化展示，利用技术手段实现砍伐范围准确、砍伐树种明确、清理高度精确，采取局部加高或调整等措施避让黄杉、珙桐等珍贵、珍稀树种。同时，在砍伐过程中不定期可视化监控，对比林勘报告分析纠偏，控制通道清理成本，减少植被和环境破坏，确保安全稳定投运。

要预防森林火险，物联网是一只千里目。

凉山地处高原，属于高原气候，是森林火险频发地区，在落实防火措施的同时，利用红外温感系统实施森林防火智能管控，监控和查处违规吸烟、林区动火行为，第一时间发现作业点周边火险火情，为初期抢险救灾争取黄金期。工程安全工作要一直处于可控、能控、在控状态，离不开物联网的助阵。

雅江工程输电线路有千里之遥，跨越是输电工程中常常遇到的难题，而物联网则是一个无形的跳板，让天堑变通途，能够飞越重重障碍。

在跨越河流、铁路、电网等作业上，都需要精确的施工和监控，一般是将重要跨越档距、高程、夹角、平距、垂距等施工参数输入电脑，实现信息在线可视化展现，利用三维路径图优化跨越点设计方案和放线区段选择，并通过模拟跨越预判作业风险等级，安排最佳施工时间，跟踪物资供应。在具体的跨越施工中，一般是要设置定点视频在线监控，采用不定期飞巡等手段，实现现场监管、远程监控。

电网建设关系到了国计民生，输电线路是一个复杂的系统，为了建成后保证电力的正常安全运行，雅江项目特别重视加强精细风险管控。建设者们利用物联网技术，加强风险识别，推行风险模拟和自动预警，提升防控措施的针对性与可操作性。而这些工作中间，他们是与物联网共舞，我们能够看到的是电网之上还有一张物联网。

马铃声声：特殊的运输

在雅江工程建设中，材料运输是非常重要的一个环节。

一般来说，只要有路的地方，运输的问题都好解决。现在农村大部分地方都实现了村村通，道路纵横交错，四通八达。

雅江工程虽然大部分都在山区，但山区的交通状况在大为改善的同时，也为工程建设提供了诸多便利。我曾经与一些老送电工聊过，过去立塔架线动辄半年一年，而现在只要在正常情况下，单座基塔在两三月内就可完成。像雅江工程川1段施工项目部所负责的236座基塔建设任务，如果按期完成，其工程量相当于是平均两天就要安装完成一座基塔，这在过去是不可想象的，而这必须是在运输得到充分保证的基础上才能实现。

但是，在复杂的山地环境下，运输的状况往往是千差万别，而电网的线路设计并不会完全考虑交通条件，这就会必然造成运输的难题。事实上，有一些基塔就是架设在无人区，或者是在悬崖上，附近根本就没有道路，连行路都非常困难，运输就可想而知了。

"叮叮叮，叮叮叮……"

一阵阵悦耳的铃声打破了大山的寂静。

初夏时节，大凉山山区骄阳似火。在凉山彝族自治州普格县境内的尖尖山上，一队骡马在马倌的吆喝下，将一根根塔材运往雅江工程N0442基塔施工现场。

雅江工程川2段共有102座基塔，其中9座基塔位于山顶或林区，这些地方基本就没有路，砂石、水泥、塔材等建设材料需要运上去，任何车辆都帮不上忙，只能望"山"兴叹。人是没有办法将那些笨重的家伙搬上去的，怎么办呢？人们就想到了古老的运输方式——马帮驮队，于是就发生了上面的一幕。

负责运输的马帮来自云南德宏，有14名马倌和20匹骡马。这是一群特殊的运输队伍，他们就是为山区小路运输而存在的。人们很难相信在交通发达的今天还留有如此原始古老的驮队，而它们还真的在这些特殊的地理环境下发挥了巨大的作用。

这队马帮已经在山区里存在了很多年了，他们究竟是什么时候出现的？准确存在有多少年了？可能连马倌们都未必能回答。因为马帮的历史太久远了，从他们的祖辈开始就有马帮，马倌中的一些人可能就是继承祖辈的职业，一生都在山区里赶马。

马帮就是专门针对山区运输的，驮盐搭米，对当地老百姓来说非常实用。而雅江工程遇到特殊的交通难题的时候，自然也想到了它们。

马帮从一开始就"请"到了工地上，它们帮助施工队转运砂石，接着又运输塔材、瓷瓶、金具等，直到工程结束才离开。

马帮有自己的生活方式，他们长期在野外行走，风餐露宿，随处安营扎寨，已经习以为常。来到工地上时，马倌们有丰富的运输经验，他们已经在运输路线中段觅好了一块平地，搭建起帐篷和马厩，并备足了马料，作为他们的临时驻地。每天干完活路已是黄昏，他们都要在营地上为累了一天的骡马喂食，并检查马匹的身体状况。

骡马的体格看起来不大，但负重却相当了得，大概一匹骡马能够承载400公斤左右的重量，相当于4个青壮年人的负载能力。但马也是命，不停歇地负重前行，消耗也大。

N0442基塔位于山谷，塔材重112吨，20匹骡马需6天才能将塔材运完。

骡马运输也有风险，特别是负重下坡是最危险的，很容易伤到马蹄和马背。骡马受伤是家常便饭，所以在运输过程中，马倌们总是小心翼翼，马一旦受伤，运输工作也只有搁下。

尖尖山，顾名思义，其形巍然耸立，其路崎岖难行。要把电网物资按时运到，那些看起来并不十分强壮的骡马是雅江工程建设的特殊运输力量，没有它们，那些高高的基塔将很难立起来。

这一天上午，武必富将他那匹心爱的骡马牵到塔材附近，在其他马倌的帮助下，将两根长6米、重200公斤的塔材分别放在骡马鞍的左右侧，然后用绳子拧紧。做好这些后，骡马沿着已熟悉的山路缓慢地往下走。武必富一直在后，双手扶着塔材，大声吆喝着骡马，实际上他是从旁边在保护着它，怕它滑倒侧翻。

接下来，其他骡马依次驮上塔材，然后缓慢跟着前行。

在运输中，最大的主材每根重750公斤，7个人合力才能抬起来，需要两匹骡马合力驮运。如果遇到塔材比较长，骡马不好转弯，必须要有人在后面扶着，才能掌握方向。走的过程中，还要给骡马搭把力，路上全是尘土和碎石，稍不留神就会打滑。

骡马沿着"之"字形路往山下挪，不到十分钟，骡马已累得气喘吁吁，四条腿直打战。又过了片刻，在马倌的吆喝声中，骡马才开始慢慢往下走，但完全就是在向下滑。

武必富说："路又陡又险，塔材又长又重，骡马得慢慢走！"

在通往基塔的路上，随处可见深深的骡马脚印和长长的滑痕，过去这里就像是一条杳无人迹的古道。

中午时分，马倌们准备吃午饭，武必富卸下骡马鞍，发现骡马背又磨破了好几处，这让他很心疼，用手轻轻地抚摸着骡马的头。这个动作可以感受得到他内心的柔软，而骡马经他一抚摸，顺势倒在地上打起滚来。

李云在雅江工程中负责新闻报道工作，他对新鲜事物永远有种"好奇心"。这时，他就同马倌们聊了起来。

"骡马为什么喜欢打滚？"李云问。

"天太热，骡马也想凉快一下，泥土能够吸汗。"姜永能回答。

"骡马一天走的路不少吧。"

"是啊，从运输点到塔位有两公里多的山路，来回一趟要一个小时，每天走12趟。"。

这样算来，骡马每天要负重走20多公里，要从早到晚干12个小时，并且很多地方都是近50度的坡路，它比人的劳动强度大得多。骡马的累外人看不出来，只有马倌们知道，马是他们的心肝宝贝，伤了，病了，会痛在他们心上。人和马之间的情感，其实相当细腻和丰富。

过了一会儿，骡马舒服了，爬了起来，又走到旁边的草地上吃草，那可能是它们最轻松的时候。而旁边帐篷营地上开始炊烟袅袅，辛苦了半天马倌们开始了他们的午饭时间。

中午是一段安详的时光，山里静悄悄的，在那段时间中，你会感到世界好像从来没有发生过什么，甚至时间都是停止的。但是，这大山里正在发生着变化，输电线路的建设在搅动着这亘古的宁静；电塔建成后，群山之间的那一条条电缆，银光闪烁，如律动中的五线谱一样，仿佛要将大山深处的音乐传向远方……

"叮叮叮，叮叮叮……"

耳边传来一阵悠扬的铃声，驮队再一次踏上了蜿蜒而陡峭的山路。

突然之间，风吹草动，树浪起伏，乌云大片涌来，天黑了下来。风越来越大，骡马正在运送过程中，大风卷着尘土漫天飞扬，遮天蔽日；人和骡马暴露在风沙中，沙往眼睛、鼻孔中使劲钻，把脸擦得生痛，身体仿佛马上就要被风刮倒。

"不要慌！抓紧绳子！"有人在扯着嗓子大喊。

现场一阵慌乱，我赶紧按住头上的帽子，怕它被吹到山谷下去。

"会不会下雨？"我问。

"下冰雹都有可能！"一个马倌回答。

但过了一会儿，风停了下来，乌云也瞬间散了，山里的天气像娃娃脸，说变就变。大山深处又响起了清脆悠扬的骡马铃声。

傍晚时分，马帮完成了当天的运输任务，回到了自己的营地。马倌们给骡马清洗和伤口上药后，然后拿出饲料喂骡马，它们吃得正香。

"塔材都是我们的骡马运上去的！"姜永能拍了拍其中

一匹马，然后又望了望那个已经建好的高高的基塔说道。这个马倌心里正骄傲着呢。

应该说，这些骡马也是建设雅江工程的功臣，在功劳簿上应该给它们记上一笔。

用马帮来运物，在雅江工程中并不多见，在特高压建设中也屈指可数，这是一道奇特的风景。但通过马帮运输这件事可以看出工程建设之不易，为了保证工程如期完成，施工人员想尽了各种办法，既用上了先进的物联网，也用上了古老的马帮，这不能说不是件有趣的事情。

雅砻江边修桥人

王林做梦都没有想到，他这一辈子居然去修了一座桥！

王林学的是土建工程，1989年毕业后在四川送变电公司干了二十多年。2013年他调到建设管理中心，搞"雅武工程"前期筹备工作，后来该工程搁浅，便转到雅江工程。而他一到那里，交给他的工作是三块：负责盐源换流站的场平、修建大金河大桥、接地级工程。其中有两项是常规工程，修建大金河大桥却是第一次遇到。

修特大桥，不仅对王林是第一次，对国网四川公司也是第一次，同时，这也是电力行业第一次承担特大桥的修建任务。

这座桥的来历就是为雅江工程盐源换流站的大件运输，计划从西昌南站到盐源146公里的地段上修建了四座桥，其中三座是小桥，一座是特大桥。

　　所谓特大桥是指单拱跨度大于150米的桥。

　　大金河大桥（地处雅砻江旁的盐源县金和乡）单跨是175米，它就是名副其实的特大桥。

　　过去，当地百姓过江非常不方便，最早是靠船，几条小舟来回摆渡。当地一个老人曾回忆道："每天的车辆和马帮都排很长的队，半个钟头一趟，还不算等渡船的时间。遇到大风暴雨天气，江面波浪大、水流急，只能停渡，有时要等上好几天。"

　　当地的贫穷跟交通不便有很大关系，再丰富的物产都运不出来，再美的美景也难进去看到。这条可以通往盐源、木里、丽江的道路，过去就是被这条江给阻拦着。

　　后来在金河大桥附近修了两座桥，一座是1968年修建的，一座是1998年修二滩电站时建的。但这两座桥都小，已经完全不能适应现在的运输要求。1968年那座钢架吊桥如今只能过人和牲畜，而1998年修的那座桥已是4级危桥，只能承重20吨的汽车，且是单边放行，对于动辄上百吨的大件运输而言，基本就是座废桥。

　　金河桥处在雅砻江的V型地带，也在安宁河断裂带上，这一带山体滑坡、滚石下坠等是家常便饭，修建难度很大。在修建时，要考虑几个重要问题：一是要避开滑坡体；二是因为在峡谷地区，高差不能大，要与原公路平稳对接；三是要转弯半径必须满足大件运输；四是要有570吨的货载设计。

桥最关键的部位是拱，大金河大桥的拱采用的是劲型骨架来承重。劲型骨架也就是在钢筋混凝土截面中加入钢管、工字钢或其他钢材，以加固构筑物提高其受力性能，满足施工条件的建筑结构，劲型骨架包括钢桁架拱圈、钢管混凝土拱圈等。但这里最大的问题是地形陡峭，劲性骨架的制作要在7公里外的地方进行预制，然后才运到现场分段吊装，架设成拱。

7公里不长，但要运输宽为9米、高6米的劲型骨架，这路就不短。

一上路，这个大家伙就成为不折不扣的"拦路将军"。没有办法，只能选择在凌晨车辆最少的时候运输。

工程中一共转运了17榀劲型骨架，王林就跟了17次。这个运输过程慢如蜗牛，每一次要走7公里，每次他都坚持跟在后面，每次都不能偷懒，直到全部运完。

吊装的过程中难度也不小，每一片拱架重达29吨，而桁梁则长13米，重45吨。他们采用的是缆绳吊装结构，也就是先固定河的两端，然后打抗滑桩，喷浆挂网，搭建防护棚。安全工作必须做到万无一失，再用缆绳将拱架一片一片吊装上去。

但人算不如天算，雅砻江河谷地带时常刮大风，最高风速达9级，如果突遇大风，情况将非常危险。所以，在建桥施工中，这是技术含量最高、危险程度最大的地方。

吊装的时候，桥体上一个人都没有，而拱在空中悄然成虹。按王林的话说是"极为壮观"，但也"极为惊险"，稍有不慎，就会酿成大祸，不能有丝毫偏差。

2020年8月，国家电网新闻中心发布了一条重要消息，宣布大金河大桥建造成功："8月19日，±800千伏雅中-江西特高压直流输电线路工程运输中的'巨无霸'——300余吨重的雅江换流站首台换流设备顺利通过大金河桥。而就在一个多月前，国家电网有限公司投资建设的大金河桥刚于6月28日全线贯通。"

从头到尾见证这座桥修建的是王林。

王林虽然是学土建出身，对桥却是门外汉，从来没有摸过。他从1989年参加工作就在送变电公司，从基层干到项目经理，技术、建管、工会、党群，几乎干遍了所有的专业，但直到派驻雅江项目工地现场，他就是没有碰过桥，把这个任务交给他，对他而言是个巨大的考验。

"刚去的时候，一片茫然！"王林对我说。

他面临很多"不一样"，这是完全不同的专业：方案、程序不一样；项目审批流程不一样；档案资料要求不一样；图纸设计不一样；计经管理不一样；现场施工不一样……

隔行如隔山。怎么办？只有恶补。

王林买来很多书，学习桥梁建设的规程、规范，从不懂到懂，到最后把桥建好。

其实，施工项目部的每一个人都经历了挑战，80后小伙子郑兴负责的是大桥的质量管理，他面临最大的困难是岩锚施工，要在307省道正上方进行，但下面道路上的车流量很大，一块石头砸下去，可能会导致车毁人亡。他的任务就是对规程规范执行的管理更严格，对工程质量的监督检查更仔细，不留任何一点隐患。

　　王林的项目部有四个人，他是老大哥，其他都是年轻人。这些年轻人工作中都是兢兢业业，但家里往往孩子尚小，牵挂也不少。像1987年出生的任泽，他是大桥项目部副经理，在前期对外协调中非常卖力，按照工期要求，他在大金河桥开工前一天，想尽了各种办法把大桥附近人家的青苗赔偿搞定，确保了大金河桥工程顺利进场。但他的家中情况却很具体，大儿子才七岁，刚上小学，小儿子还在学走路。有一次，他的小儿子在走路时不慎把嘴角撞了个口子，电话打来，任泽不知道怎么办，心中着急，却不能分身。

　　王林比较体谅这些年轻人，总是让自己多承担一些工作。王林告诉我，他从参加工作开始就长期在工地上，已经习惯四海为家了；然而毕竟这是无奈的事，他最大的愿望还是"星期一出去工作，星期五回家"，他一辈子可能都是这个愿望。但修大金河大桥，他比在任何地方都更用心，一点都不敢松懈，几乎每天都盯在桥上，一有时间就往桥那边跑，因为这座桥被太多人牵挂了。

　　我问王林，修这座桥最大的担心是什么？

"出事！"他的回答很直接。

他接着又感叹道："为了这座桥，我没有睡好过觉，领导也放心不下啊！"

王林告诉我，各级领导经常到工地来视察，监理总监到桥上比任何施工点都跑得勤，其实大家都明白一个道理，桥如果修不好，这个工程难言完美。要是真的出了安全质量事故，可能谁都不好交代，这毕竟是投资一个多亿的桥梁工程！所以，雅江工程项目要求大桥必须按时顺利通车，雅砻江两岸的百姓也期盼这座桥早日建成。

为了这座桥的安全施工，在修建过程中还有不少故事。

有一次，特高压指挥部安监部主任李锐带队到大金河桥施工现场检查。结果发现大金河左岸坝下有水渗出，抬头一看，一直到坝肩机械开挖处有一条裂纹，便马上叫停施工，并让上面的人立即撤离。经检查，那道裂纹为贯穿性裂纹，坝肩随时都可能坍塌！

负责四川路桥项目的经理刘沁，是非常有经验的建桥专家，但他没有想到电力行业也有如此细心的人，之前他派了4个安全员，居然都没发现问题。他最后不得不佩服李锐的细致认真，外行征服了内行。

作为老大哥，王林对李锐的工作也极为赞赏，"这件事说明管理人员的责任重大，一句话就有可能挽救很多人的生命"。

王林是从项目核准一开始就进入，从征地赔偿、租房办公、完善手续、施工管理，到验收竣工、顺利通车，其间的一系列工作他都是全程参与。当时项目部设在离大桥施工点附近5公里的地方，前不挨村后不着店，连吃饭都成问题，剩饭剩菜要吃两天。但这些他们都能忍受，他们最怕的是延误工期，桥不修通，盐源换流站的设备就运不进去，雅江项目就会严重受阻。

2020年1月底，正是春节前的几天，他们最担心的问题出现了，突发的疫情笼罩着大地，正常运转的生活突然停滞下来，所有计划都被打乱了。

春节后，疫情汹汹，四处还在封城，人心惶惶。工人回乡后组织不起来，乡与乡隔断，不能互相走动。想要人，地方不开条子，他们回不到工地，就无法开工，工期自然会推延。

王林在2月5日就赶到了现场，但工地上没有人，到处死气沉沉。项目部也只有他一个人，其他三个年轻人，一个回了武汉，短时回不来；而另外两个回了老家过年，村上不开证明，也回不来，他只有一个人独守工地。那些天，到处关门闭户，行动极不方便，王林自己连吃的都找不到，天天吃方便面，吃了一个多月。

后来王林终于联系上了当地政府，开好了通行证明，包了一辆大巴车，从泸州把40多名民工接到了工地。2月25日，他们搞了一个小型仪式，成为国网首批复工的项目。

人来了，这仅仅是第一步，疫情防护更为重要。他又安排编写防疫方案，报送复工报告，建立隔离室，组织学习防疫知识，并且重新调整了工期计划。疫情耽搁了四十多天时间，也增加了很多工作量，但是他们采取的各种措施是得力的。

"其实当地政府比我们还急。桥修好的时候，正是盐源苹果的成熟季节，一车一车的苹果将通过大金河桥，销售到全国各地。"王林说。

为了抢工期，施工工人从80人增加到了160人，吊车从两台增加到4台，午饭送到工地，轮班工作，没有停歇。

桥终于修通了，全长238米，桥宽11.5米，净跨径175米，可载重600吨。

2020年6月28日，大金河桥全线贯通，并通过桥梁荷载试验，840吨的载重安然无恙通过；7月1日又进行了模拟大件运输，从西昌火车站开始到大金河大桥；8月19日，雅江换流变电站首台换流器顺利通过大金河桥。

这是国网输电工程中，修建的承重能力最高的特大型拱桥，而这里面的每一个数字都是用汗水和心血铸就的。

为此，有个笔名叫济苍的工人还写了一篇《大金河桥赋》：

　　若水九曲，流至凉州，茶马古道，位列其侧，润盐古井，邻列其旁，若水至此，谓之金河。巉岏逦迤，江波滴湟，舟沉筏溺，水湍漩疾。岁在己丑，共和国生，人民当家，百废俱兴。为便交通，以利人民，牵以铁锁，盖以斫木，索桥既立，盐邛以通。年近千禧，岁在丙子，长虹新筑，跨接巉崖，旅游初现，农林始兴，富民之物，鱼贯以出。白驹过隙，转瞬二纪，岁于庚子，时过端阳，大金河桥，兴建初成，助力国电，扶贫攻坚，承重之冠，跨径之先。

修桥之功可谓大焉！

"旅游初现，农林始兴"，这首赋写出了桥的重要功用，可以说雅江工程为凉山经济发展做出了积极的贡献，这是真正的扶贫实例。

"整个工程下来，没有任何伤亡！"王林说这话时，露出了一种自豪感来。

确实，在一个两岸都是峭壁，存在危石处理群和大型滑坡体，而且在施工面狭小、材料运输困难的地方修桥，这样的结果连建桥施工单位都说不可思议，让人不得不相信冥冥中有神的护佑。但是，对于王林的项目团队而言，他们知道自己付出的有多少。

"领导应该满意了吧？"我问。

"对，我们获得了国网省公司2019—2020年度的安全先进集体。"

"那你们该好好休息一下了吧？"我又问。

"交工验收会后，大桥项目告一个段落，我们又要继续干接地极工程。要想好好休息，恐怕只有等工程全部完了吧。"

但"新三直"工程完了是什么时候？两年？三年？五年？

一盏灯的世界

这次见面之后，王林又要赶往工地，他留在桌上的茶还未凉。但这时，我油然想起苏芮在《北西南东》中的一句歌词："北西南东，一程又一程；走不尽的路，一步步是我的一生……"

来自光明村的一封信

每年的农历十月，正是秋收后不久的时节，丰硕的大地渐渐沉寂下来，而凉山地区传统的彝历年就如期而至了。

那些天中，彝族小伙子要身穿黑色斜襟上衣，头扎英雄结，姑娘们则穿上大襟上衣，多褶长裙，这是一幅绚丽多姿的场景。这期间，彝族同胞们要举行丰富的民俗活动，唱吉祥歌、舂糍粑、做苦荞馍、打扫庭院、杀猪宰羊等，每一年的这个时候都是他们欢庆的时候。

2019年11月底，彝族年又如期来临了。

这一次有些不同，不少彝族同胞来到布拖换流站，兴高采烈地参加由国网四川省电力公司工程项目部组织的为村民送温暖活动，因换流站建设用地拆迁的51户、165名彝族百姓得到了过冬的棉被、床单、大米和食用油等生活物资。

这一场面来之不易，对彝族老乡而言，他们的家乡正在发生着翻天覆地的变化，被占的田地将成为世界最大的换流站，而他们也将搬到新的住宅区，彻底改变落后的住宅条件，成为新的居民。

"冬天就要到了，送的物资很及时，谢谢你们送来了一个温暖的彝族年！"光明村书记安拉土说。

在场的特木里镇书记沈中华也由衷地说："惠民行动太好了，体现了国网企业对拆迁百姓的关爱，和谐建设卡莎莎！"

实际上，换流站的基础建设此时已近尾声，而后期主要是设备安装调试阶段。当地的村民已经有序地安置，最初的协调工作已经基本完成，所以在这样的背景下，彝族年过得很祥和、喜庆也就是顺理成章的事情。

早在几个月前，我就去了布拖换流站，因为它是"新三直"项目中工程量最集中、投资最大、协调难度也最大的地方之一，我必须要去打探一番。

从西昌到布拖大概需要两三个小时，我去的那天还算顺利，没有在山道上堵车，据说这里堵车是家常便饭。

布拖县城看起来比较落后，城市建设与其他内地城镇尚有差距。到处可见的是低矮的平房，新修大楼不多，商业也不发达，街道破破烂烂。当地彝族人占到95%以上，他们的生活状态很闲散，三五一群坐在街边，闲话、喝酒、晒太阳。这里的紫外线特别强，只需几天时间人会晒得黑黑的。

到布拖正好12点，赶上吃午饭，职工餐还不错，回锅肉和韭菜肉丝，外加一份豆芽汤。这让我想起在其他工地听说的"工地八大名菜"，如剩菜面、方便面泡火腿肠、馒头夹酸菜、青菜萝卜汤、烤土豆等，这就是他们的美味佳肴。当然，工人们有点自嘲的意味，而现在的状况明显得到了改观，因为我去过好几个工地现场，如果不是特别恶劣和极端的环境下，还是能够吃上比较可口的饭菜。

布拖换流站整个工程占地980多亩，相当于100个足球场，位于布拖城南郊，在一个开阔地带上，正在四通一平中。工地四周是大山，海拔比较高，在2500米左右，走路时会感到轻微气喘。工地的场面很壮观，一望无际，有10多台高高的强夯机林立在工地上。极目望去，场地的平整工作已经完成了90%以上，但在山脚处有严重滑坡，加固工作非常困难，一直还在加紧处理之中。

走在去工地的路上，风很大，仿佛要把安全头盔都吹掉。在项目部的时候，就听到风过屋顶的呼啸声，铁皮房子被吹得哗哗作响。据说现在正是此地风最大的时候，早晚温差大，比西昌气温要低十多度，4月都在飞雪。

换流站项目副经理叫张巍，三十多岁，个头不高，眉目清秀，成都口音。

他是2018年11月左右来这里进行项目考察的，一直干到现在。我去的时候，项目部才建好没有多久，房子是用塑钢板材搭建的，其实就是比较现代的工棚。张巍到工地的时候，到处还是一片荒地，而项目人员最开始也只有租民房、住小旅馆，直到2019年6月修建好后才算有了个临时的"家"。

"刚来时感觉口干舌燥，流鼻血、嘴皮干裂，人很不适应。"张巍说。

布拖地处横断山脉大凉山地区，属于高原气候，外地人要通过一段时间后才能慢慢适应。

由于布拖是艾滋病患者比较多的地区，工程项目部的人同外界比较隔绝，生活用品一般是集中采购，很少进城，与外界很少接触。但这也导致了生活的单调，管理人员的日常生活就是打打篮球、到附近山间散散步。

"在这里唯一的新朋友是条狗。"张巍笑了起来。

原来项目部有个员工养了条狗，大家都常常以逗狗为乐，常常带着它遛一圈，就同狗建立了感情，这成为他们业余生活的一部分。

生活再枯燥，其实挺挺也就过了，难的是工程实施中的有很多棘手的问题。

布拖站占地近千亩，是迄今为止全球占地面积最大、土石方量最多、地质条件最差的换流变电站，占了几个世界之最。同时，换流站附近房屋拆迁有3.3万平方米，涉及213户、800多彝族同胞拆迁安置，多民族聚居地居民搬迁和房屋拆迁协调难度大，面临社会稳定的巨大压力。

布拖彝族非常集中，当地老乡很多不懂汉语，语言交流比较成问题，要费很大力气去沟通。

在具体拆迁中，还有不少风俗习惯要尊重，很多东西不能去碰。比如木梁要保留下来，对家中的石坑也必须保护好，认为这是与他们的祖先神灵有关的东西。同时，对坟的拆迁也不能轻易对待，看起来就是几块石头垒的坟，但彝族老乡却格外看重，必须要小心翼翼对待，而且不赔偿不行。据张巍说，为了解决坟的问题，最后是七大家支找上门来，每个家支赔偿了60万元。

施工的难度是在进场不久后才真正凸显出来的。

在最早选择此地作为建设用地时，对其面积、地形、地理位置比较看好。但开工后，他们发现土石方量很大，而土质很差，这无疑增加了施工难度。为此，他们专门做了实验课题，后来在科研院的帮助下，决定使用强夯法，定了参数（碎石比例），确定了技术实施方案。

但进入实际施工后，又遇到了新的难题。

布拖的雨季长，5月到10月都是雨季，平均每月雨天22天，持续时间长、降雨量大，所以回填土含水率高，有时还会发生夯机砸下去，锤子陷入土中拿不出来的情况，这主要是土中水太多的原因。

那天，我走在工地上，看到土上覆盖了一层厚厚的碳渣和砾石，这样可能对浸水有缓解作用。而且他们又采用了"雨季备料，旱季巧干"的办法，合理利用工期，对施工期进行调整，保证进度、质量。但去过的人都知道，这块近千亩的用地要最后达到建设标准，还要费九牛二虎之力。

对此最操心的是项目总工孙浩尹，这个看上去像个阳光大男孩技术高管，却是工地上的"总参谋长"；就是他针对工程地质条件差的情况，主导推行强夯工艺处理软基，成功解决了工程施工难点问题，而这种技术在业界尚属首次使用。

为了确保土石方回填质量，孙浩尹成立QC（质量控制）攻坚小组，加班加点工作，有时候编制施工方案和分析技术经济指标要加班到凌晨两三点，而白天又不停地穿梭在工地上，反复进行QC攻关试验。他们的努力得到了回报，如针对在强夯施工过程中，频繁出现埋锤、陷锤、挂锤等现象，孙浩尹积极创新，通过改进锤体结构，成功解决了吸锤现象，在保证夯实质量同时节约碎石填料约3万立方米，使施工效率提升了100%。

在雅江工程各地采访的过程中，我最想了解的是建设者们的生活，而这也确实是个绕不过去的话题。因为在项目管理中，三四十岁的员工已经逐渐成为主力，而他们正好是家庭的顶梁柱，上有老，下有小，要担当家庭生活的重任，在工作中他们也处在中流砥柱的位置，矛盾自然不少。

布拖换流站项目部以年轻人居多，大多是80后，90后也不少，婚恋问题就相对比较突出。张巍曾经在雅安、芦山、德阳等地的项目干过，一直没有找到女朋友。他说在成都干的那段时间才谈上了恋爱、结了婚。如今，他的孩子已经五岁，但张巍说起家庭生活问题，还是有很多苦衷。

"孩子幼儿园毕业了，来电话问回不回去参加毕业典礼？孩子得了肺炎，输液一个星期，又问回不回去看看？"张巍一说起这，眉头就皱了起来。

这些问题总会让人揪心、牵挂。而这些家庭、孩子的问题还只能窝在心里，自己一个人消化、承受，甚至一个人默默难过。

采访中，我还见到了施工项目部经理邓科，一个三十出头的年轻人，他是工地上的技术骨干，善于从工程建设实践中总结经验，先后发表过多篇专业论文。邓科在工作中也是一把好手，他能够运用专业知识切实指导项目施工，解决工程施工中遇到的困难，组织审核编制项目施工组织设计、施工方案，将先进的施工工艺、智慧工地、VR实体培训运用到工程建设当中，注重对专业队伍培训与管理。

像邓科这样的小伙子，将来可以说是电网工程未来的可造之材。但他的家庭却有不小的负累，有两个孩子，大的才四岁，都由老婆和母亲在带。邓科曾在藏中项目干过，那里的海拔接近3000米，与布拖情况相似，这些技术骨干就是一直在流动中工作，长期生活在野外，生活比较艰苦。但那天，他发了一个孩子的视频给我看，原来是在工忙时期，他回不了家，老婆孩子主动坐长途车到工地上来为他过生日，场面很感人。建设者们的生活虽有无奈之时，但得到了人生的美好意义，这又不能不说是邓科一家的亲情收获。

固然有付出，但作为建设者，在谈到换流站项目对当地的意义时，他们仍然感到自豪。

布拖是西昌最为贫困的地区，没有工业，农业也落后，农作物就只有土豆、荞麦等。政府和老百姓只有靠脱贫资金。这个工程给当地带来了巨大的投资，单拆迁就花了2亿多，让一部分当地百姓住上了拆迁房。同时，将来对附近山上风电发展也非常有利，就近能上网，节约了投资成本，这对布拖的经济发展帮助很大。

"对当地来说，我们做的是个开创性的事业，这也是一项实实在在的扶贫工程。"张巍说。

他的这句话可以用一封信来证明。

2020年春节来临前，布拖县光明村的党支部书记安拉土给国家电网公司董事长辛保安写了一封感谢信，他在信中写道：

尊敬的辛保安董事长：

您好！我叫安拉土，是四川凉山彝族自治州布拖县光明村的党支部书记，我们村是世界上最大的白鹤滩布拖换流站的邻居。今天给您写信，是想代表我们全体村民，代表我们村委会向国家电网表示衷心感谢，向您衷心说声谢谢，卡莎莎！

我们村在"中国彝族火把节之乡"布拖县的西北边，全村325户1378人，是贫困县中的贫困村。这里山陡路险，一年除了冰天雪地，就是雨季，就是风季，自然环境很恶劣，经济很落后。以前还经常断电，我们村全靠烤火过冬。从1999年我当上村支书，到现在二十几年里，亲身感受到的是脱贫政策的大力帮助，改变了山村的面貌，是国家电网的大工程带我们走上了致富的路。

2016年我们村脱贫时人均收入才5000多元，今年我们村人均收入达到7000多元。

上前年，四川省上电力公司的工人来村里选址，要在我们这里建一个占地近千亩的三个大站，合而为一。我们离的最近，感受也最深。大工地动工，需要我们村上63户村民搬迁。你们特别照顾我们，尊重我们风俗，帮建了新房，还发了一大笔补助。搬迁户从又破又烂又脏又冷的土坯房，搬进了又干净又舒适的两层"小洋楼"。如今三口人家住上了80平方米的房子，四口人家住上了90平米的房子，五口人家住上了100多平方米的房子。隔壁的洛日村也搬迁了100多户，跟我们一样，现在每户搬迁的家庭都了积蓄。你们还为搬迁户送了棉被、床单、大米和食用油，大家都很高兴。还为我们村修公路、改造电力线路、安装智能表，现在的电稳定了，生活方便多了，不用大老远跑去交电费了，在手机上就能充费。这两年，你们工人在我们村就购买了土豆、高笋、萝卜等农副产品上万斤，还向村民提供了就业岗位。我听领导说，这个站还在我们布拖县采购了碎石上百万方，还捐赠120万建起了川电留守学生之家。你们不仅让我们村受益，还让凉山都受益了。

我们村办的幼儿园有106个孩子，是你们工程的指挥部出钱帮扶改善了学习环境。电力工人还连续捐赠了冬棉鞋、书籍、绘本、铅笔300多套。每年三四次到我们村幼儿园帮助搞卫生，杀细菌，检查电路，给孩子们讲故事，教孩子们普通话。每次电力工人的到来，都像火柴一样点燃了孩子的希望，让孩子们感到温暖。如今我们全村有360多个适龄学生，没有一个孩子失学。村里越来越多的孩子考上高中和大学，他们走出了苦寒的布拖县，走出了大凉山……

辛保安先生看到这封信后，当即给安拉土回了一封信，信中祝福道："乡亲们生活在光明村，国家电网人从事做光明的事业，我们因光明而心手相连，让我们继续共同努力，用光明之灯照亮光明村的幸福之路。"

起于光明村的换流站改建项目，仿佛被赋予了一个非凡的寓意。毫无疑问，这就是个了不起的事业，照亮千家万户，帮助当地贫困山区的百姓脱贫致富，功在千秋。

六、坚强挺立：一盏灯的守护

只有走到塔下，你才能理解电塔的高度；只有爬到高空，你才能懂得电线的长度。

每一寸，都是艰难的攀爬；每一尺，都是沉重的飞越。

但每一寸、每一尺，都需要守护，就像露珠要守护一朵花，小鸟要守护一棵树。安全与质量是守护的重心，平安运行是守护的目标，但守护更是一个艰苦的事业，只有敬业而充满理想的赤子，才能担当这样的重任。

曾听说，每一座塔都是电力人的孩子，每一根线都有他们的情愫。电网的世界，也是七彩的世界，没有走进的人永远也不会懂。

塔，巍然挺立，他们知道它的坚强；线，飞越大地，他们知道它的辽阔。

每座塔，都有个故事；每根线，都是种讲述。

重装越岭：每一寸山道

在大型输电工程中，换流站的建设是重中之重。

换流站就是电网的神经中枢，林立的电力设备都是大家伙，如换流阀、换流变压器、平波电抗器、交流滤波器、直流滤波器等，个个动辄几十上百吨。要建换流站，大件运输少不了。

在盐源换流站，设计安装有28台换流变压器，最重的一台340吨，要从千里之外的徐州运到大凉山，要通过海运、河运、铁路等方式，真的是长途跋涉，翻越了千山万水，才来到凉山州。

大型设备千里迢迢运到西昌并不是就大功告成了，相反，真正的考验才开始。

从西昌到盐源换流站的道路要走过去的307省道，后来改为348国道，虽然公路等级提高了，但实际沿途路况并没有实质的提升。山高路窄，坡陡弯急，而且一到雨季，道路泥泞，常有积雪、积冰，大件运输非常困难。

"这是一次特殊的运输。"王兵告诉我。

王兵是雅江工程项目中大件运输的负责人，四十多岁，

　　　　　　　　一 盏 灯 的 世 界

人看上去很随和、敦厚。他曾经在物资公司干过，也在川藏线、藏中联网中干过，经验丰富，年富力强。

这次运输怎么特殊法呢？王兵认真地给我讲了起来。

道路状况除了上面说到的情况外，还有一些具体遇到的难题。一是必经的小高山隧道正在施工；二是风电设备运输，由华电开发的风电项目也正在这个时段同时进行，成百上千的风叶、塔头等都是大块头，不仅动辄二三十米长，运输时间跨度也长；三是木里为了搞旅游，购买的游艇也要大件运输；四是为脱贫攻坚验收年而搞的道路升级改造，沿途都在开挖、填补、平整，修建过程中交通极为不便。

上面这4点在过去都是没有的，而现在是全部遇到了一起。

"知道难，不知道这么难！"王兵说。

刚开始时，虽然他对专业运输很熟悉，但对外部环境的恶劣还是没有充分估计到。

这么多的难题挤到了一堆，叠加在了一起，也就意味着他们跟各方的协调必须加大，工作投入也将加倍，而他们也只有华山一条路，必须得上，没有退路。

整个大件运输道路全长是139公里，有人说这是国网输电工程建设中遇到的最为复杂、最为困难的一段路。要想把大型设备从西昌火车站运到盐源换流站，沿途要翻越两座山，其中一座是小高山，这座山虽然名小，但实际就是座名副其实的大山，海拔有3000多米，常年云雾缭绕，下雪积冰是常态。而整个路段有11个回头弯，其中6个就在小高山上。

也就是说，所有的问题几乎都集中在这座小高山上。

在运换流站大型设备之前，项目部对沿线道路作了详细的考察，每一道弯，每一个坡都做了充分的测量，并推算其是否能够承载几百吨的重量。他们先后加固改造道路18处，在修建大金河大桥的同时，又修建了两座小桥，那些都是达不到大件运输标准的地方。

一点一点排查，在路上来来回回测量，在每一段路上查漏补缺，不能存一点侥幸。

得出的结果让人吃惊，要付出很大的代价。代价最大的一处是在小关沟附近，那里经常山体滑坡，造成阻塞，他们花了430多万元的投入对其进行了加固和整治，确保万无一失。

所有这些问题解决后，时间已经到了2020年6月底，此时大金河大桥也已顺利通车，考验大件运输的时候到了。

先是模拟运输：同等的重量，同样的长宽高，同样的路线，先预演一遍。其目的是积累经验，防止实际运输出现问题。

一台换流站设备价值高达7000多万元，绝不允许出任何问题。

7月1日这天，运输项目部在协调了交警、公路、监理以及交叉施工等单位后，又对人员、车辆、技术、机具、后勤

　　　　　　　　一盏灯的世界

保障等都做了充分、细致的部署，之后一行近40人的队伍浩浩荡荡地从西昌出发了。

这一天，工程现场新闻特写道：

7月1日，当凉山盐源县境内，专为雅中±800千伏特高压直流输电工程架设的大金河桥顺利通过验收后，工程指挥部特组织相关物流单位，在凉山州政府交管部门的配合下。负重模拟演练西昌至盐源大件设备运输，确保7月下旬，在长达139公里的公路上，载重重达350吨主变和输电设备安全抵达目的地——盐源±800千伏换流站。

在模拟运输演练过程中，5台共计500吨大马力的牵引车，二至三台一组，轮流上阵，爬山坡、钻隧洞、行弯道、过桥梁，前拉后推，牵引着180只轮胎组成的超长版货车，负重相同重量的"主变"，以5公里/小时的车速缓行在国道G348这条道路蜿蜒的公路上。

本来预计5-7天能够到达换流站的，实际用了15天时间。小心翼翼，慎之又慎，只能用这样的词语来形容这次运输过程。

模拟运输成功了，但时间耗费太长。

有人计算过一下，大件运输在路上停一天，要多耗费2万元。如果5-7天能够运到，而用了15天，则要多花15-20万元。这样算下来，单运28台换流变压器，就要多出400-500万元之巨，所以时间必须缩短，要跟时间赛跑。

8月14日，正式运输开始了。

第一台是低端换流变压器，重达294吨。有了模拟运输的经验，他们在运输环节和节奏上做了很多的调整，全程跑下来，时间大大缩短。

第二台、第三台……一台接着一台运，经验越来越丰富，后面的运输时间越来越短，最快的仅要了4天。

这四天是怎么运的呢？第一天从西昌出发，到平川，翻越煤炭山和磨盘沟；第二天从平川到青天铺；第三天最难，要翻过小高山，必须卡着时间翻过，不能滞留在山上；第四天进站。

不过，运输过程中也难免不发生一些问题。有一次，前面的4台牵引车中突然坏了一台，车队全部停在了路上，但好在他们反应迅速，及时从山下调了一台车，又备了一台，以防再出问题。

"运输过程，每一次都是如履薄冰，那些山道是一寸一寸挪出来。"王兵说。

大件运输的难题终于攻克了。为此，副总指挥李伟诗兴大发，赋诗一首：

一场风雨未连绵，
几番星月过磨盘。

　　　　　　一 盏 灯 的 世 界

渡尽千弯百折后，

方显英雄真手段。

不使出"英雄真手段"，可能真的踏不平那崎岖的山道弯弯。

那一段时间，王兵整天为工作忙碌，女儿读高三，他根本无法顾及。本以为高考时可以回家陪伴，这毕竟是人生大事，但等到高考那几天，正是模拟运输之时，根本脱不了身。女儿直到考完都没有见到父亲，因为她的父亲还在大山里奋战，正跟着大件运输车辆慢慢地走着呢。

大件运输是国网公司特高部最担心的一项工作，领导为此来视察过好多次，但王兵他们完成得很漂亮，不仅得到了内部激励机制的奖励，让国网四川电力的绩效加了一分，同时他自己也小小地升了一级，成为了四级职员。

"那139公里路，我现在闭着眼都能想得起它每一段的样子。"

王兵的话，不是说出来的，而是用双腿走出来的。

刀背梁上

在整个雅江工程中，有三个地方是公认最难的，是难点中的难点。

第一个是位于四川盐源县树河镇的N0091、N0092基塔，两塔之间是刀背梁，塔下是悬崖陡壁，如刀砍斧削一般。

但按照线路设计，必须要在这里立塔。这个点已经定在了那里，再困难也要上。然而，人上去都困难，那些笨重的铁家伙怎么盘得上去？只有安装索道，把器材设备慢慢运上去。而高山之上，人一旦上去，别想马上下来，一日之内无法来回。怎么办？搭帐篷，人得住在上面，就地驻守，生活物资全部"空运"上去。其中的险峻和艰苦就不说了，就这样也整整花了一个月才组完塔。

第二个是螺髻山后山山顶的N0222、N0223基塔，海拔3000多米，气候多变，常常是大雾弥漫，冰雪封路。关键是这两个塔处在风口上，人站在上面都感觉得到晃荡，5、6月都可能飞雪、冰雹突袭，施工风险巨大。对于施工而言，只能停停歇歇，一线工人驻守在那里等候，看老天脸色行事，但就是在最好的季节一天也只能干几个小时。

第三个是地处四川金阳县境内的N0596、N0597基塔，那里遇到的也是刀背梁，地形看上去是险象环生。一个基塔正常最少也需要70-80方的土石量，多则200多方，但没有施工的场地，没有操作平台，放脚的地方都没有，还要堆放那么大体量的物资器材，要进行基塔四条腿的连续浇筑，困难重重。

说到这三处，无人不谈虎色变。

"那三处地方你都去过吗？"我问雅江工程四川段业

主项目部经理徐洪。

"去过，不止一回。"

"感觉如何？"

"实际就是在悬崖边上施工，很危险！"

所谓刀背梁，就是三面是悬崖陡壁，山像刀背一样兀自矗立，而基塔就要建在"刀背"上，难度可想而知。

说起刀背梁，雅江工程川3段施工项目部副经理刘昭严曾告诉我，在刀背梁上建一座塔，比建一般的基塔多费三倍以上的力气都不止。N0596、N0597基塔就是他们组的，每一座塔的基础浇筑就用了两个多月时间，运输也非常困难，很多地方根本没有道路，全部要修索道。

"山太陡，60～70度的坡度，连索道口都难找！"刘昭严说，"组塔的时候，材料是一点一点地运过去的，但也只能堆放一条腿的料，必须是一条腿一条腿地浇筑，连转身的地方都没有多的。"

雅江工程川3段是由吉林送变电公司承建的，这是支王牌施工队伍。徐洪告诉我，在四川段的所有施工单位中，川3段的质量管理最好，执行力最强，要攻克像刀背梁上的N0596、N0597基塔，就得用上最精锐的队伍，好钢要用在刀刃上。

为了攻克刀背梁，川3段施工项目部可以说的放手一搏，但这真的是与天地在搏斗。

"海拔2800米，有高山反应的人，成天耳朵嗡嗡响，但还得顶着身体的不适干活。上面是冰天雪地，喝的矿泉水全冻成了冰，要敲碎了才能喝；晚上住帐篷，寒风呼啸，不能脱衣服，要戴着棉帽睡觉，棉被是潮湿的，睡一宿都睡不热，而我们的人员在上面一待就是几个月。"刘昭严说。

在N0596、N0597基塔所在的刀背梁上施工的有两位施工队长，一个叫魏正刚，一个叫王海军，他们在山上蹲守了整整十个月，3月初春时上去，到第二年1月寒冬下来，直到把塔建好。

徐洪很佩服那些工地上的一群铁汉们，"想到刀背梁上的那些塔，做梦的时候都会被惊醒"。

后来在金阳采访的时候，我见到了魏正刚，他没有多余的话，朴实得像山上的一块石头。我想，如果要真正走进他们，也许只有走到工地中，与他们同吃、同住，才能走进他们丰富的内心世界。

每当人们看到那些在险峰上矗立的基塔时，常常为它们的雄姿所惊叹，但很难去想到那些无名的、默默奉献的建设者们，他们在那里流下的汗水、流过的血、吃过的苦，都可能是人们难以想象的。但正是他们的付出，才有了电网飞架东西南北的雄伟与壮丽。

徐洪今年四十二岁，最早是在四川内江电力局设计院工作，2011年到了超高压建设管理中心，他曾在阿坝做过500千伏超高压工程，也在宾金800千伏特高压干了两年，那是四川的第一条800千伏特高压项目，他当时是技术专责，主管技术质量。由于工作出色，2017年下半年就调到了雅江工程前期工作中来，参与了路径评审。可以说，他是最早介入到雅江项目的人之一，从头到尾都在这个项目中。

"雅江工程四川段沿线所有乡镇我都跑遍了。"徐洪说。

说起这段生活，他感慨不少。他有双胞胎孩子，只有妻子一个人带，当年妻子怀孕时，他就在项目上跑，根本无暇照顾。然而，他在工程上往往是一干就是几年，在孩子五岁的时候，妻子只好辞职，在家当全职太太，这其实是很无奈的事。

"老婆有很多怨言，但没有办法呀！"他说。

现在他的小孩都已经八岁了，已经上小学了，徐洪还在工程一线跑。为了教育，他每天要通过视频陪娃娃学习一两个小时。"两头都要顾，累，真的很累！"徐洪眉头紧锁。

雅江工程开始后，意味着徐洪又要投入一个新的战场中去。从2019年3月开始，徐洪就开始组织设计单位对项目进行踏勘，对道路交通运输状况进行摸排，并对施工进度进行策划。实际在2018年9月时，他就已经在做招投标的审查工作了，特别是换流站的前期工作：征地、场平、线路设计等等，同时还要做属地单位的联系、协调工作，终日奔波。

"在夜深人静的时候，才会想起家，负疚感油然而生。"徐洪叹了口气。

但干工程没有不苦的。副总指挥蓝健均对雅江工程有个总结："大江大河大跨越，高山高差高海拔，大雨大雪大考验。"

也就是说，只有在大江大河、高山峻岭、风雪交加中，方显建设者们非凡的气派和胸怀，而这样的工程才堪称伟大与卓越。

同徐洪相似的还有王浩宇，之前是特高压指挥部安监部专责，身影遍布雅江线川云段各个标段现场。在2020年7月的雅江线组塔高峰期，全线每日近两百项三级及以上施工风险，他的工作成天就是爬坡上山，风雨无阻，对施工现场进行重点巡视、检查。

后来王浩宇调到雅江工程云南段当副经理，云南段属于跨省、跨网、跨区域建管，安全管理力量相对四川段薄弱，一句话，他就是去啃硬骨头的，要在工程攻坚中冲锋在前。其实，此时工程已经到了收尾的阶段，剩下的都是最后来清理的难点。

他刚一到云南，就很快去了N0969基塔。迎头就是一场与天寒地冻的较量。

那天正下着漫天大雪，王浩宇就踏着厚厚的积雪，摸着时隐时现的羊肠小道，匍匐着向位于山顶的基塔爬去。

"人被冻木了，差一点滚下了山崖！"王浩宇说。

到了山顶一看，塔材全被埋在了大雪中，雪山静得能够把人吸进去，在那里施工，有一种荒诞感，一切都显得不真实。但是，他们就是去工作的，与他同去的杨晓涛被如此恶劣的施工环境震住了，"我干了十多年的输电工程，像这样难的，还是第一次遇到！"

无限风光在险峰，确实，大雪中的高山风景如画。但他们不是来欣赏风景的，工人常常说他们的处境是"眼睛在天堂，身体在地狱"，再美的风景，也遮盖不住施工环境的险峻，瞬间就可能发生意想不到的后果。生命重于一切，他们须时时高度警惕，安全质量一刻都不能松懈。

"我们必须做最大的努力，不能有一点闪失。"王浩宇神情严峻。

最后，他们成功攻克了这个工程上的痼疾，他们的努力问心无愧。但回想这个过程，仍然让人心有余悸。

"当时怕不？"我问。

"怎么会不怕呢？说不怕是骗人的。"其中的一名员工杨晓涛回答。

"下来是什么感受？"我问。

"做了一件有意义的事，觉得值了。"

2021年1月，为了解决N0801至N0807基塔跨越金沙江施工难点问题，王浩宇又亲自前往金沙江畔山顶的炎山乡督阵。当时的天气同样非常恶劣，连续的降雨下雪让工程停滞下来。那几天，我正好也去了那里，亲眼看到其艰苦奋战的场景。

基塔在海拔2700米以上，让人望而生畏。受极寒天气影响，道路和基塔长期覆冰盖雪，进驻的施工队伍多次被风雪逼退，工程上仅剩几座"卡脖子塔"。

全线贯通就等这几个地方了，雅江工程已到决胜时刻。如此艰苦的环境，需要的是拼命三郎。这一次，王浩宇亲临现场指挥作战，而所有建设人员必须全力以赴。山上夜间温度在零下10℃，他与施工队同吃同住十余天。在他协调督促下，施工队伍重新进场，最终战胜了恶劣的环境，完成了组塔，提前了12天贯通。

"电线跨过金沙江，我们才松了一口气，那是欢欣鼓舞的一刻。"王浩宇说。

好钢要用在刀刃上，那刀刃上闪耀着青春与理想的光辉，纵有千难万险，也因为有他们的存在而迎刃而解。而这就是真实的大国工程，就是为建设它们而涌现的一群坚强而无畏的人们。

异乡"远征军"

远离家庭、远离家乡，去陌生的地方工作，这是输电工程建设者们的常态。对他们而言，他乡即故乡，工程在哪里，哪里就是他们的家。

2019年5月底，杨洪、赵青军、黄鹏飞、廖安林、王家麒、郝方亮、游斌等7人接到指挥部的通知，迅速奔赴云南昭通，组建起了雅江工程云南段业主项目部。这群跨省、跨电网管辖区域作战的电力人，被人们称为"远征军"。

一盏灯的世界

"远征军"一到云南，就马不停蹄地开展工作。

"几个月下来，人瘦了，吃不香、睡不着。"黄鹏飞说。

翻山越岭，踏勘考察，遍访农户，调解问题……工程前期他们就是用腿、用脑、用心去攻克一个个难题的，确保了施工队伍的顺利进场。

远征就意味着抛妻别子，远赴他乡，而他们人生又多了一些悲欢离合的故事。

"爸爸您多久回来？"赵青军的女儿才刚读小学一年级，一连给他写了八封信，读到她的信，他只感到"好心酸"！

廖安林的老母亲做心脏手术，但他终日忙碌，无法回家。每天牵挂母亲的安危，他说"每次与母亲视频后我都想大哭一场"！

郝方亮的女儿才七岁，老婆忙的时候常常接送不了女儿，只能靠朋友帮忙。"想起女儿形影孤单的样子就难过得要命！"

王家麒准备结婚，请假与未婚妻到海南拍婚纱照。但刚到就接到项目部电话要他赶回，他当晚就订了返程机票，"心里觉得好亏欠，本来想好好浪漫一回的"。

……

对于"远征军"，我特别想去接触一下。盛夏的一天，我专程来到了云南昭通。

见到杨洪是在昭通城郊的一个住宅小区楼上，他是雅江工程云南段业主项目部经理。

之前他的脚踝不慎扭伤，刚从成都治疗回来，走路还要用双拐支撑。我见到他的时候，正是他回到项目部的第二天，但看到他的状况还很不方便，感到他实在应该再休养一段时间。

"工程上的事情太多了，走了那些天全堆起了，回来踏实些。"杨洪说。

杨洪是雅江工程项目最早的参建者之一，早在2015年就参与了项目规划。他过去在四川送变电公司工作，2013年到了省电力建管中心特高压项目，在雅江特高压项目前期工作时，他就是负责人，后来云南段单独划出来，他又成了专门负责云南段的业主项目经理。

说起雅江工程，杨洪如数家珍。

云南段线路长度约223公里，基塔549座，途经云南省昭通市昭阳区、永善县、彝良县、镇雄县4个区县。沿线丘陵占比5.4%，山地占比52.4%、高山占比32.6%，峻岭占比9.6%，最高海拔达到了3100米。

然而，云南段的施工单位均不是来自四川，云1段由云南送变电工程有限公司负责，云2段由广东电网能源发展有限公司负责，云3段由安徽送变电工程有限公司负责。每个公司的情况不一样，施工任务和环境均有不小的差异。

"开始时，我们的工程进度是倒数第一，因为没有属地支撑，很多工作很难开展，所以前期的协调工作只有到政府去蹲、去守，慢慢打开局面。"杨洪说。

　　　　　　　　　一 盏 灯 的 世 界

对杨洪而言，在云南是异地搞工程，人生地不熟，一切都是从头开始。他们虽然是在雅江工程于2019年8月核准之后，9月28日就召开了地方协调会，想马上行动起来，但镇雄、彝良、昭阳三个施工项目部的进度快不起来，磕磕绊绊。10月底镇雄项目部才进场，而其他项目部已经干了一个多月了，形势非常被动，是五个参建省中工程进度的最后一名。

云南段3个标段的施工任务是这样的：

云1段线路长度约106公里，基塔259座；跨越500千伏线路2次，220千伏线路5次、110千伏线路5次，金沙江1次，35千伏线路8次，接地极线路2次；

云2段线路长度约56公里，基塔137座；跨越35千伏线路1次；

云3段线路长度约60公里，基塔153座；跨越±500千伏线路2次、500千伏线路1次、220千伏线路2次、110千伏线路4次，35千伏线路6次。

从上面可以看出，云1段和云3段工程的交叉跨越很多，线路跨越国网系统外电力线路187次，其中35千伏及以上电力线路38次，停电跨越协调难度大，同时，跨越架线施工技术难度大，安全风险高。据了解，在N0947-N0948-N0949基塔之间，要同时跨越国道213、昭麻二级公路、220千伏电力线、G85高速，跨越极为复杂。另外，还要在N0801-N0802之间跨越金沙江，其档距有1548米，而这个地方一直到2021年1月中旬都还没有架好线。我当时去四川金阳县对坪镇考察这一工程点时，仍然因为天气原因，迟迟没有完成。

但在半年之后，云南段的工程速度起来了，冲到了第一名。杨洪在说到其中的关键因素时，提到了三点：一是加强与地方的协调有了成效，减少了阻工；二是敦促施工方加强投入，多上了设备和人员；三是态度坚决，监督得力，加大了奖惩手段。在这样的内外合力之下，云南段组塔在2020年9月中旬就达到了85%，年底架线就能够全部完成，全线贯通，确保了2021年春节前主体工程完工。

"争取明年3月顺利验收，4月底能够结束战斗。"杨洪说。

这个过程就这样轻描淡写地一笔带过吗？显然不是。

在实际的施工中他们遇到了重重困难，房屋拆迁是最大的一块。

雅江工程云南段的拆迁面积约4.6万平方米，单迁坟就有295座。最难的是压覆矿，涉及补偿的有25个，有3家还一直在阻工，导致有4座基塔搞不起来，无法施工。此外，在云南彝良，由于当地15万头养猪扶贫项目，被迫修改路线，这是当地为发展地方经济而搞的招商引资项目，雅江项目最后让步，增加了600多万的投入。另外，因为云南镇雄修建机场，拟为支线机场规划，又做出了让步，改变了原有的线路设计等。

云南区域内有三个工程标段，最多的时候一线工人有2600多人，平时也维持在1500人左右，他们散落在各个工程

一 盏 灯 的 世 界

点上，也可以说是围绕在一座又一座基塔周围在施工。管理他们的是施工方的项目部，但施工项目部又必须受业主项目部的全面管理和监督，实际在一些关键的工作上施工方还得依靠业主方的支持，如在协调管理上。

在云南施工面临一个特别具体的问题：异地作战，缺乏当地资源。云南地区属南网供区，无国网属地支撑，房屋拆迁等重大迁改赔偿和地方协调均由业主项目部牵头负责，工作量很大，协调任务重。

在云南彝良采访期间，正好碰到了负责协调管理工作的黄鹏飞，我便准备了解一下他们的协调工作。正好，第二天我就跟他去了彝良县政府办事，一同见到了副县长罗军。

"刚来的时候两眼一抹黑，工作很难开展，幸好我们有个四川老乡在当地任职，给了我们不少帮助。"黄鹏飞在路上的时候介绍说。

罗军是四川人，是交流到这里的干部，他比较支持特高压电网建设工作。据罗军介绍，彝良当地的经济建设非常落后，要搞建设，拆迁必不可少。既要保证老百姓的利益，又要符合国家政策，在实际工作中就会有不少的难题。雅江项目的拆迁赔偿参照了宜昭高速的标准，2018年又根据市场情况补充了两个标准，考虑了一些细节，对补偿协调工作大有好处。

确实，在到彝良时，我就深深感到了处在川滇边界的边地意味。公路坑坑洼洼，行走极为不便，整个城市建设比其他地方尚有差距，当地老百姓的经济水平也不高，雅江特高压项目这样的大型工程经过该地，在拆迁问题上面临着很大的挑战。

罗军谈到了一件过去拆迁中遇到的事情。在彝良龙海林口村，一条500千伏电路过境，涉及树林砍伐，对方要价每棵最低2000元，但国家赔偿标准只有800元，双方根本谈不下去。怎么办呢？最后是政府出面，通过应急程序，把司法、法律等部门人员集中到一起，全程跟踪摄像，有理有据地谈判，最后才解决了问题。

"工程等不起！这不是一般的工程。"罗军说。

他又接着说："电业是民生的保障，电力公司做了巨大的贡献，项目建设能够支持就一定要支持，企业需要政府的大力支持，我们责无旁贷应该为企业服务。"

黄鹏飞告诉我，在云2段项目部进驻彝良时，办公地点很难落实，罗军曾通过国资公司帮助他们找房子；在洛泽河房屋拆迁中遇到困难时，罗军还马上通知乡镇协助，很快解决了"扯皮"的问题……

我相信这些都是大工程背后鲜为人知的故事。

不难想象，雅江工程长达数千里，如果没有热心的有作为的领导支持，真不知道要费多大的劲才能把那些基塔立起来，将线路连起来，将四川的水电输送出去。工程建设不可能一帆风顺，现实的复杂性不可能用豪言壮语来化解。

就在这个过程中，我更加感到特高压工程是个了不起的事业，其中有无数人的奉献。所幸的是，我成为那些故事的

　　　　　　　　　一 盏 灯 的 世 界

记录者，但愿这样的记录有不平凡的意义。

黄鹏飞是个风趣的年轻人，活泼、乐观。但他告诉我，他"摸基塔的时候比摸自己的孩子还多"，那天在回昭通的路上，他给我摆起了很多过去在西藏电网建设工地上的有趣故事，让沉闷的路途变得颇为轻松。

路上，窗外是连绵的乌蒙山脉，景色目不暇接。毫无疑问，这里有人间仙境，大美河山，如果是一个观光的旅游者，一定会被其间的景色所吸引而惊叹。但是，当你作为一个建设者走到这里，要在这些山中架设电网就是两回事了。

一想到漫长的线路就要穿过那些连绵的山脉，而艰巨的施工从这里展开，那些山里的浓雾好像瞬间就弥漫了过来，话题变得有些凝重。

黄鹏飞给我讲起了云南段沿线的"三难"：

一是沿线气候复杂，20厘米以上重冰区达90%，夏天雨季在7-9月份，冬季积雪覆盖，时间达六个月，气候非常恶劣，有效施工工期短。

二是沿线地形复杂，高山峻岭占比42%，塔位坡度较大、场地狭窄，山形陡峭，工程整体施工难度大，面临的安全风险高。

三是沿线交通远离国、省、县道，大部分路段仅有乡村道路可供利用，局部高山地区的塔位远离村庄，材料转运困难，交通条件较差。

但是，这"三难"最终还是被他们攻克了，就像眼前的大雾瞬间散去了一样，一切又变得那样美好，天空明亮，山水妖娆。

杨洪告诉我，"远征军"的日常工作主要有三个方面，一是要去现场检查、督促，对安全、质量、进度进行管控；二是工程协调，在物质、供应、设计、监理等要协调，另外还有政府方面的协调；三是施工进度款项的核对、审核报表等。

在疫情期间，杨洪从2月14日来昭通后，5月1日才回了趟家，但5月3日就赶回来，他无疑是最忙碌的人之一。这次回到成都是因为脚伤，但刚打了石膏就赶回了昭通。俗话说，伤筋动骨一百天，但他只用了半月就跛着脚，挂着双拐回到了项目部工作，每顿饭都是让人送，生活起居极不方便。

如果此时问他的工作感受，他会怎么说呢？

"干我们这个工作，到的地方多，看的风景多！"他好像回答的是另外一个话题，杨洪是个乐观的人。

当然，他也有不乐观的时候。孩子正在读高二，明年就要高考，但那时正是工程全线贯通之时，看来他是很难照顾得到了，也可以说他可能陪不了孩子去看人生启幕的风景了。

现场为王的"教授"

分管"远征军"的是副总指挥蓝健均，这是个颇有点传奇故事的人，而对他的采访更加激起了我的浓厚兴趣。

　　　　　　　　　　一盏灯的世界

但几次想与他见面，都有点阴差阳错：我到云南去时，他正好在西昌，我到西昌时，他已经回了昭通。没有想到这一次是他回成都开会，我们总算见上了一面，那是在一个冬日暖阳的上午。

与蓝健均谈话，极有意思，常常有精妙之语。

"气都没有歇一口，我就转到了雅江工程上来了。"他说。

对蓝健均而言，到"新三直"特高压工程上来的目的，就是直接参与建设的。其实当时雅江项目还在核准过程中，但前期准备工作已经紧锣密鼓在进行了，他来得似乎恰逢其时。

"来了就停不下来，前期要筹划，招兵买马是少不了的。"

要干工程，人少不了，而且需求量很大。雅江工程的建设者在高峰期达到了2万人，这还不包括配套工程的人员。其实不仅是需要人，更需要一支铁打的队伍。

"在准备期间，我们做了精心策划，雅江工程的管理团队都是精兵强将，施工单位不少是王牌建设队伍，这是要打一场硬仗呀！"蓝健均说。

蓝健均刚从藏中联网工程下来就直接转到了雅江工程上来，他就是来迎接这场硬仗的。

蓝健均算得是老电力人了，他的故事都跟电力有关，按他的话说是"跑了一辈子的电力活"。确实，从1996年参加工作后，从实习技术员、施工队长、项目总工，再到现在的副总指挥，他已经在电力行业干了二十多年。

其中有不少值得回忆的经历，如2008年1月，他在峨边原始林区中参加了全国人民都关注的冰灾抢险，他在那里整整奋战了一个春节，那是他人生中难忘的一段故事；又如在2015年到2018年，他在藏中联网工程担任总指挥，这个工程是世界海拔最高的电网工程，沿线平均作业海拔超过4000米，最高塔位东达山海拔5295米，是世界最高的500千伏输电塔。

"我的高血压就是在那里整出来的！"蓝健均说。

西藏的海拔高，很多人都有高原反应。他去的时候整天头昏脑涨，严重缺氧，见什么都想吐，夜不能寐，常常是坐上一晚上，第二天疲惫不堪，但还得坚持工作。一量血压，收缩压高达200多，舒张压在140多，"当时真的是被吓住了，赶紧吃药，但这一吃，就再也停不下来"。

在蓝健均看来，藏中联网工程是他经历的最艰难的工程，但是越是艰苦的地方，越是锻炼人。在雅江工程中，有不少是从藏中联网工程中下来的人，他自然是其中的一个。

在工地上，蓝健均被人称为"蓝教授"，这是因为他有丰富的实战经验，他是从基层中干出来的。由于工作出色，2008年到2009年，蓝健均曾经被借调到国网公司特高压部去工作过一年多时间，就是去讲安全检查，讲机械管理，跟着他的很多是清华毕业的博士，人家都是高学历，脑瓜精灵得很，不过在工程实战上，他才是"博士"。

"我是从基层爬出来的，可以说工程上的每一个环节都蒙不了我，电网工程其实更多的是需要实际的管理技术和经验。"

所以，他特别强调一线的锻炼，而且要多锻炼，这样才对工作大有益处。

"管机械的工作很繁杂，但也最有意思，不要去当'泡菜'。"蓝健均说。

他说的"泡菜"，就是装在坛子里，不去打开，以为自己行，结果是没有多大用。在蓝健均看来，工作干得多，领导才会信任，信任才会多用，这才是良性循环。这样的思维也能看出他的务实，他提倡"现场为王"，这位"工地教授"身上充分体现了旺盛的实战精神。

2018年，蓝健均刚转战到雅江工程上，一开始就负责修桥、场平、筹建指挥部等前期的工作。等前期工作干完，他又到了昭通去分管雅江工程云南段的管理工作，这与在四川境内做事又有很多的不同，人生地不熟，全得从头建立联系，挑战性更大。

"在异地搞建设，没有任何属地支撑，我们就是一支远征军。"蓝健均说。

这支"远征军"确实有些特殊。云南总共有三个施工段，分别有三支施工队伍。关键是，这三支队伍中有两支属于南方电网，而只有安徽是属于国家电网，这就存在一些管理标准上的差异，刚开始时有很多的问题。怎么办？只有不断磨合。

"要不断折腾，经常去盯，了解差异化情况，查漏补缺。"他说。

首先在工程管理上，蓝健均认为精髓在超前意识、超前谋划、超前布局；其次是抓重点，不要事无巨细，眉毛胡子一把抓，凡事要分主次和轻重缓急；再就是要选好人，要干好工程，人是最关键的。

了解蓝健均的人都知道，他懂"讲话"的艺术，讲的话大家喜欢听，通俗易懂、形象生动。蓝健均告诉我，他其实没有什么特殊爱好，平时就是跑工地，琢磨工地上的问题。

工程建设刚开始，一切都还没有头绪，很多人对工程的认识还有些模糊，但蓝健均就已经为整个工程总结出了一个简单易记的"顺口溜"："一桥、二站、三条线；四精、五业、十六月；七部、八百亿、久久为功、十全十美。"

什么意思呢？也就是整个工程要修一座特大桥，建二座换流站，修三条特高压输电线路；在工程建设中要遵循"四精"，即精准拆迁、精确林木砍伐、精准跨越、精细风险管控；"五业"指的是要实现安全、质量、技术、投资、进度五大指标；"十六月"指工程要在十六个月内完成投运；"七部"是整个工程指挥部由7个部门组成，即综合管理部、工程技术部、安全监察部、计经财务部、物资运输部、协调部、宣传中心，另外也指指挥部下面还有7个业主项目部；"八百亿"指"新三直"整个投资为800多亿元；"久久为功、十全十美"则是工程的完成目标。

这样的总结一目了然，喜闻乐见。蓝健均到了云南后，又把工作上的问题琢磨出了几个要点，他认为要干好工程，就要做好"金天动地"这几件关键的事。

这又什么意思呢？

"金"就是指金属器具供应要及时，保障材料到位；"天"就是关注地方的气候特点和变化，他从气象预测上了解到四川云南交界地区的"华西秋雨"比以前长，所以强调要抢最佳工期，尽量避免雨季施工；"动"就是行动能力要强，组织得力，稳健推动施工建设；"地"就是指积极推进地方协调，这涉及房屋拆迁、树林砍伐等赔偿工作的有效进行。

"工地上干活的大多是民工，他们的文化程度不高，说书面的话他们听不懂。少讲深奥的道理，多讲明明白白的案例，我要讲的就是大家听得懂、记得住的话。"蓝健均说。

实际上，在他看来这就是解决问题的能力，干工程跟坐在办公室里搞科研是两码事，"每一座塔要立起来，差一颗螺丝、少一包水泥都不行，这需要实实在在的现场施工能力。"这也就是蓝健均提倡"现场为王"的道理所在。

"在工作的时候，我们的脑筋要活络一点，这样才能解决疑难杂症。在工程建设上，我想如果能够花最少的钱，办最大的事才是我们的目标。"蓝健均说。

在他看来，一个管理者，必须要多驻守现场，不能军中无将。因为每一座基塔、每一米电缆都是靠人去建起来的，飞越千山万水，这需要由无数个点与线的连接。

走进安全体验馆

电网工程常常要穿越江河险要的地方，施工难点多，管理困难。那么，如何保证工人的安全操作呢？

在工地上时，经常听到有人说起安全管理的难处，好像有些工人素质不高，流动性大，苦口婆心讲道理、批评罚款皆无用，所以常常导致出事。工地主要靠班组长管理，野外作业，管理办法比较粗放，如我在工地就听到过有人教育犯错的工人："辛辛苦苦出来挣钱，出了安全伤亡事故，钱是老婆的，老婆是人家的！"

这种说教说来让人啼笑皆非。

但据说并非没有点效果，当时戳到了心窝子，但过不了多久又忘了，麻痹大意，老毛病重犯，安全问题始终不能从根本上解决。

据全国电力系统的统计，2020全年共发生了48起电力人身伤亡事故，死亡了一百多人，几乎每月都要发生多起伤亡事故，可谓屡禁不止，安全问题一直都是电力建设和生产中的重要问题。

怎样才能让安全意识变为一种自觉，变为一种科学而规范的行为呢？

在布拖换流站，我看到了一处专门为安全做所的"安全体验区"，就设置在工地现场附近，突然有眼前一亮的感觉，而它似乎给了我一个全新的答案。

所谓安全体验区，就是对工地施工现场的施工人员进行安全教育的地方，它最大的目的是把安全教育从"说教式"变为"体验式"，让工人们真切感受到了出现安全隐患时，他要经历怎样的风险，付出什么样的代价。

传统的施工安全教育依赖于口头教育，内容枯燥乏味，收效甚微。往往耗费力气又浪费时间，还得不到好的效果，在布拖换流站项目上，他们积极创新改革打造实体安全体验区，专门修建了一座"安全体验馆"，利用"体验式"教育的方式令体验者产生深刻的记忆。这种充满趣味性的教育方式大大增强了体验者的积极性，大大提高了工地安全教育的效果。

"对于传统的施工安全教育而言，安全体验馆是个现代的、创新的形式。"特高压指挥部宣传中心负责人吕宾说。

那么，安全体验馆究竟是什么样的？它里面到底有些什么内容呢？

冒着炎炎夏日，我去了位于四川省布拖县境内的布拖换流站，在项目部所在地旁边看到了专门修建的一个小型场馆，面积有两个篮球场大，这里就是久闻其名的安全体验馆，据说它是在中国特高压建设项目中的第一个安全教育场馆，自然让人刮目相看。

安全体验馆虽然不大，但内容却很丰富。馆内有安全智能行走平台、建筑9D太空舱，采用了成熟的VR、AR、3D技术，并结合安全设备、电动机械，针对变电施工的安全隐患，以三维动态的形式全真模拟出工地施工真实场景和险情，实现施工安全教育交底和培训演练的目的。体验者可通过安全体验馆"亲历"施工过程中可能发生的各种危险场景，并掌握相应的防范知识及应急措施。

安全体验馆完全是按照真实施工场景来设计的，在进入馆后，有一个班前讲评台，这是仿照日常工作的程序。一切都像是正在进行工作前的安排，通过作业内容交派后，让班组长在班前安全早会上结合工作安排，提醒职工注意岗位安全防范事项，提高安全意识；熟悉现场生产、设备及人的身体、精神状态，对当班作业中可能出现的不安全因素进行危险提醒，使职工在思想上对作业任务和作业环境的不安全因素有充分的认识，意识到保护的重要，产生"防患于未然"的心理反应。

接下来，安全"体验"才真正进入各个环节中，具体来讲包括以下八个项目：

第一个是安全帽撞击体验。

它的目的是让施工人员熟知安全帽的正确佩戴方法以及佩戴安全帽的重要性，那么，体验佩戴安全帽对物体打击所减轻的效果就很重要，戴与不戴的区别一目了然。

这个项目要根据体验人的身高选择体验位置，让体验者站在指定的位置，在这个特殊的环境里，体验在真实或想象的危险中的不安不良状态。当突然的大约五公斤撞击力落到体验者的头上时，每个人都会深刻感受到的安全帽的撞击的力量，惊恐万状、浑身颤抖，这是一种强烈而压抑的情感体验。其表现为：神经高度紧张，内心充满害怕，注意力无法集中，脑子一片空白，不能正确判断或控制自己的举止，变得容易冲动和恐惧，认识到不戴安全帽带来的极大危害，从而养成正确戴安全帽的好习惯。

"戴好帽子太重要了，工地上常有飞石、空中坠物突袭，戴与不戴，结果是两回事。但在夏天，戴安全帽确实有些热，这就让有些人为了图安逸而放松了安全意识，结果导致了不幸的发生。"一位工作人员告诉我。

第二个是安全防护用品展示培训。

建筑安全劳动防护用品，是指劳动者在生产过程中为免遭或者减轻人身伤害和职业危害所配备的防护装备。正确使用劳动防护用品，是保障从业人员人身安全与健康的重要措施。为此要注意使用合格的产品，正确的使用及维护。

"电网架设工作危险系数比较高，不能有一丝麻痹大意，而安全防护用品是为作业人员上了一把保护锁。"那位工作人员又说。

第三是安全带使用体验。

培训安全带的正确使用，正确穿戴，高挂低用，并使用合格产品，以及在上升下落的过程中体验不同恐怖或不良的感受，人体对地面撞击的片刻危险感受，认识到正确使用安全带的重要性，达到安全教育培训的目的。

第四是灭火器演示体验。雅江工程中大多数地方要穿过森林地带，高山森林火灾常有发生，而发生火灾时如何正确使用消防器材及应急处置的有效措施非常重要，讲解如何预防火灾发生及发生火灾时的正确处理方法。

第五是综合用电体验。

学习各开关、开关箱、各种灯具及各种电线的规格说明使用，安全用电，达到安全第一，预防隐患的目的，认真学习安全用电及操作规程，正确引导学习安全用电的知识。

第六是钢丝绳演示体验。

为了让体验者掌握钢丝绳的正确使用方法以及错误使用带来的危害，可以展示钢丝绳报废标准。

第七是现场急救体验。

这主要是针对正常施工现场人员心脏骤停（如触电、高空作业、心脏疾病、心肌梗死、自然灾害、意外事故等所造成的心脏骤停）等紧急情况，现场体验如何进行气道开放、胸外按压、人工口鼻呼吸、体外除颤等抢救过程，使病人在第一时间内得到救护；在抢救过程中气道是否放开、胸外按压位置、按压强度是否正确、人工呼吸吹入量是否足够、规范动作是否正确等，是抢救病人是否成功的关键。心肺复苏，就是针对骤停的心跳和呼吸采取的"救命技术"，是基础生命支持技术，因此是每一个工人必须要掌握的。

第八是平衡木体验。

平衡木是体验自身平衡能力及动作的正确性，检查肢体的应变能力，检测作业人员是否满足作业条件，尤其在醉酒、负重、疲劳、带伤的情况下，是否能控制自身平衡，正确应变应对突发事件。

如果从头到尾经历一次安全体验馆里的所有内容体验，确实是如临真境，可以说对安全的认识会大大提升一步，会促进每一个"非安全人"到"安全人"的转换。

"如果每一个施工人员都能到这里来体验一次，这相当于给他们上一堂生动的安全教育课，比讲一百次安全教育的效果还好。"吕宾说。

让科技之翼穿云破雾

在很多人眼里，广东人会做生意，那么，广东人干工程怎么样呢？带着这样的好奇，我踏上了去采访雅江工程云2施工段项目部的路程。

一路奔波，到云南彝良已经是晚上10点，半夜下了一场淅淅沥沥的雨。

第二天一早，天晴了，天空一碧如洗。当天我就去了彝良县树林彝族苗族乡一个叫马藏沟的地方，这是云2段施工项目部N1224基塔张力场所在地。

汽车在山路上盘旋，到了海拔2000米左右的山腰，天上突然飘起了细雨，浓雾弥漫，道路变得泥泞难行。之前大家还愉快地聊着天，不料险象环生的路况让一车人都紧张了起来。车在湿滑的路上几次差点滑入沟中，好在司机小李经验老到，几次化险为夷，但就这样大家也被吓出了一身冷汗来。

张力场设在一块平地上，三台牵引机整齐地摆放在那里，颇为壮观。旁边堆满了线缆，工人们正在做放线前的各种准备工作。这个张力场到引力场距离10公里，对面的山上不时被雨雾遮盖，矗立的基塔时隐时现。有个工人告诉我，这里的雾随时都有，散了又聚，没有一定，所以施工起来非常困难。

工人们住的地方离这里20公里，每天上午6点就要出发，单路途就要一两个小时，刚才我们走过的盘山路，他们每天都要经过。这一天的情况很特殊，他们要在此放线，这是一个重要的工程节点，也可以说是一场无声的战斗，云2段施工项目部上下正全力以赴。

在山区放线最大的问题是受天气影响很大，要"看天吃饭"。但是云2段想改变这种状况，而且他们已经做了很多努力，这就成了我真正想要的看点。

"我们牵张设备是刚买不久的，花了900万。"云2段项目负责人于涛指着旁边一字排列的三台新机器告诉我。

这套设备是承建云2段的广东电网能源开发有限公司购买的，如今直接用到了工程一线上。钱是花了，但起到了事半功倍的效果，原来的1个人操作1台牵引机，现在变成了1个人可以操作3台机器，大大节省了人工，降低了操作成本。

据于涛讲，由于环境条件的恶劣，塔材的损耗很大，他们为了完成这个工程可以说是不惜成本，稍有管控不好，就会陷入亏本的状态。但是工欲善其事，必先利其器，为了施工的进度，他们新购置了这些牵张设备，施工工器具在整个雅江工程中都是最好的。

"我们公司有创新意识，对新技术、新设备敢于大胆研制和使用。"项目总工陈锐峰在一旁介绍。

他告诉我，在牵张设备智能化设备的基础上，他们又研发了第二代配套的远程集控装置。即通过远程集控装置，一人可同时控制多台张力机和牵引机进行放线工作，解决了多人多机混合操作的问题；而之前的情况是安全防控性相对较差，过分依赖人员之间的协调配合，导致施工效率低下。

"过去一到放线时，机器的噪音很大，让人很不舒服，现在不同了，大大改善了操作人员的作业环境。"于涛介绍道。

他这样一说，更增添了我的好奇。

在牵引机旁边，我看到了云2段的智能化架线机具，在旁边的一顶雨棚下放着两台仪器，只有两个旅行皮箱那么大，一个技术人员正在操作，而这就可以清清楚楚地观察放线的进行状况。

原来这台小小的设备正是他们研发的技术成果之一。

这两台仪器的作用可不小，它在放线施工区域建立起了动态传输画面的自组网络，又配备了相应的无线微波装置、无线发射装置、网络转化器、高清网络摄像头、监控装备、航空雾灯、光敏开关、电脑等组成的动态视频传输系统。有了它的指挥，三台庞大的牵引机都得乖乖地听从它的命令，而一切均在它的掌控之下，得心应手，收放自如。

陈锐峰告诉我，这些新机器、新设备没有白费，真的是用在了刀刃上。

无线高空摄像动态视频传输技术特别适合于高海拔区域的施工作业，在大雾天气中，能见度低的情况下，塔上护线人员无法正常观察牵引走板、牵引绳及导线的展放情况，这些设备就派上了用场，可以说是穿云破雾、大显身手。

云2段也是大截面导线应用得最多的一段，这跟当地的自然环境有很大的关系。乌蒙山区是山高、路远、坡陡、雾大，交通极为不便，一到秋冬季节，山区就会出现下雨结冰现象，上山作业风险极大。在施工中，该段大量采用了多种规格的大截面导线来应对环境的复杂性，在一段架线区段内，出现过3种导线类型交叉5次的情况，如在N1317-N1336基塔之间有9公里长，不同截面反复换，最短的500米换一次，对放线、架线是考验。

也基于此，云2段在技术创新上下了一番功夫，针对雾区施工等进行了一些实用技术的研发。在去年进场之后，他们就搞了课题立项，公司成立了科技攻关小组，在公司科技部、科技公司、施工项目部几方的合作下，进行任务分解，最后完成技术攻关。

"弧垂观察，就是我们一项新技术。"于涛说。

所谓弧垂观察，其实它有个很长的专业名字："基于北斗定位技术的架空线路全自动弧垂测量仪"。就是利用北斗的高精度定位技术，对输电线路各点位置信息进行实时采集。

它的专业解释是，通过4G/电台等通讯信道数据传往地面监测中心，系统主站软件根据现场监测数据进行转换、分析、计算，将采集的大量离散点集以悬链线方程为基础，通过曲线拟合算法，构建输电线路的2D/3D曲线模型，再根据构建的曲线模型，利用几何结构计算出弧垂值，从而达到弧垂值测量的目的。将计算所得的线路模型和弧垂理论值与测量所得模型和弧垂值进行比较，更加直观、方便地验证其测量的正确性。这个描述确实太专业了，但就是讲的它的先进性。

"对高压线路弧垂值进行实时测量，大大减轻了电路检测施工人员的工作负担，提高了工作效率，也保证了安全。"陈锐峰说。

为了这些先进的实用技术，他们又投入了300多万的经费，真是不惜成本。但这样的投入到底值不值呢？

于涛告诉我，这些投入肯定也存在风险，万一不适用或者效果不好，对工程产生不了作用，那也是一种极大的浪费。但广能发公司地处沿海地区，他们的思维方式比较开放，敢于创新，实际上他们也充分利用了深圳在电子行业上的优势，率先在行业中使用和推广新技术，这一点非常值得称赞。

关键是，这是特殊环境下孕育的技术，他们把工程建设中的"痛点"变成了"亮点"。

这天，工地上放起了电子鞭炮，噼噼啪啪，响彻群山，这是放线前的一个小小的仪式。接着便看到线缆开始动起来，缓缓地向不远处的一个塔基飞越而去，这一场景颇为壮观。

"走板已过滑槽，加快牵引速度！"此时，只见对讲机中有人在大声指挥，而牵引走板已经顺利通过基塔，紧张的工人们才稍稍松了口气。

就在放线的过程中，山上的天气变换不断，一会儿晴，一会儿阴，一会儿细雨迷蒙，雾气裹身，我的鞋已经被稀泥包紧，稍一走动，泥水就要挤进鞋子里。

就在这时，大雾突然出现，我心里嘀咕，正好可以看看那些新玩意有什么本事。只见施工人员正在利用智能观测弧垂装置精准紧线，一切操作正常，线缆缓缓运行，完全没有受到影响。

"以前最怕是雾，现在我们不怕雾了！"陈锐锋有些激动地说。

说出不怕二字，里面更多的是战胜感，是一种自豪。

回去的时候，刚才的兴奋被路上的险情冲得干干净净。路上更加危险，下坡的道路已经非常滑溜，汽车滑了好几次，司机小李小心翼翼踩紧刹车，死死控制着方向盘，神情严峻；我坐在车上也紧张得不行，生怕车入谷底，死无葬身之地。终于在左奔右突之下，汽车驶离最危险的一段土石路，但在回彝良县的路中又遇到险情。

当时正在经过修建高速公路的大桥下，一坨混凝土突然从空而降，"轰"的一声打在车顶，车窗玻璃瞬间变黑，逃离到不远处，回望刚才发生事故的地方，原来是桥上正在进行混凝土浇筑，哪知喷溅而出，出现严重安全故障。幸好未伤及人，但回去清洗车的时候，整整用了几瓶化学清洗剂才把玻璃洗干净。

回到项目部，谈起刚才发生的事情，大家并没有太大惊诧，好像习以为常。彝良交通环境欠发达，弯道多、雾区多，道路状况差，从中来回难免不发生点异常情况，据说每天都在发生交通事故，这也可以看到施工项目的艰难。

晚饭的时候，大家变得比较轻松，喝了点小酒，话语也多了起来。但你一言我一语，不免又聊到了工程上的事。

同桌的大多是来自广东的员工，彝良的气候是一进入10月就要穿羽绒服，而广东还在穿汗衫，就是冬天最冷的时候，他们也不用穿羽绒服。

海拔高差也大，随随便便就是两三千米，而广东的海拔才几十米，很多人不太适应。"一上山就头晕，到现在我都还没有适应。"其中一个人告诉我。

道路是让人最头痛的，每天到工地都很费劲，运物资更困难，"'之'字路特别多，盘来盘去，大件运输需要多次转运。"另外一个人说道。

乌蒙山山区的山峰都很陡峭，在立塔架线过程中，常常遇到没有回旋余地的情况，无法设置牵张场地。云2段有137

座基塔，全长56公里，设置了78条索道，开挖基础时爆破量很大，这也是风险之一。于涛告诉我，他们工程段中最难的是N1277基塔，是个独立山头，人都无法站，在施工中用了护栏，凿出的石头只能堆放在了塔架下。而就这样一基塔，施工用了一个多月时间，用了两个施工队才拿下了这个难点。

难，难，难。他们说得最多的就是这个字，仿佛每天就是在与"难"打交道，与"难"作斗争，但那一座座矗立的基塔，那一根根飞越千里的银缆就是在"难"中诞生的。

"难"中也能见真情，云2段的施工单位来自广东，但来到施工现场之后，虽然经历了施工中的千苦万难，但也与这片土地结下了深厚的感情。2020年7月30日，云2段施工项目部代表广东电网能源发展有限公司到云南省昭通市彝良县树林乡的云天希望小学，举办了一次"爱心助学、情暖校园"的捐赠活动。当日，共捐助约3万元物资给云天希望小学，将学习用具等爱心物品亲自送到了孩子手中。

"种下爱心，才会种下希望。"于涛说。

对他们而言，帮助贫困山区学校建设，解决贫困山区孩子的学习问题，是体现的一种公益精神。他用了"种下"二字，确实值得深思。

回顾我的这次采访之旅，却突然明白了一个道理，他们何以能够克服重重困难，如期保质保量完成工程？也许这都源于他们心中有爱，可以穿云破雾，可以抵达万水千山，也可以抵达温暖的人心。

七、情满大地：一盏灯的凝望

从大凉山到长三角，三千里云和月。

雅砻江的涛声依旧，四川水电输出工程的建设正浩浩荡荡：大金河特大桥飞架彝区南北，布拖换流站屹立世界之最，三条特高压电网贯通东西、气势如虹……

西电东送，两万电力工人奋战，一座座基塔拔地而起，一条条线缆飞越高山大河。

特高压，中国的一张名片，亮丽夺目！

这是电力人的奉献，上千个日日夜夜的艰苦奋战，只为了万家灯火，只为了经济振兴，只为了强国之梦。所以，请记住宏伟的特高压工程，请记住在大凉山深处的建设者们，是他们在千里之遥的路途上播撒了光明的种子，把未来的希望种到了中国的大地上。

驻守一线的博士们

见到蒋乐，是在一个有月亮的晚上。

西昌的月亮很大，到过那里的人都知道。一轮明月，就能够为人们带来无尽的话题，这在西昌是得天独厚的。

蒋乐是个睿智、健谈的人，是特高压指挥部里为数不多的博士之一，而且是新任"新三直"白江工程的业主项目部经理。但这一天，我们没有谈工作上的事，这么好的晚上，这么好的月光，应该轻松轻松，走出工作的话题。

于是，就着几瓶啤酒，一群人就散漫地聊起了天，月亮摆在我们中间，自然就谈起了月亮，如月亮为什么总是一个面朝着地球？月球在怎样影响地球的潮汐的？而地球的自转速度会不会继续变慢……

谈到这些的时候，话题变得玄幻起来。自然就谈到了科幻小说《三体》，谈到刘慈欣，谈到这个曾经在山西的一个电厂工作过的电力人。确实，电力行业中藏龙卧虎，刘慈欣写出了很棒的科幻小说，那么电力行业中还会不会出类似于他这样的人呢？他又会不会就坐在我们中间呢？

在这样的夜晚，在一个平敞的露台上，以月为饼，开怀畅饮，我们已经暂时忘了繁忙的工作，忘记了工程中的种种困难，轻松地漫谈和遐想，享受着惬意的时光。

通过一年多的奋战，雅江工程已近尾声：2020年12月26日，雅江工程四川段全线贯通；2021年3月18日，雅江工程云南段也将全线贯通；到2021年4月19日，雅江工程川云段将竣工预验收，而这也意味着雅江工程主体建设工作的顺利完成。

但整个"新三直"特高压工程仅仅完成了三分之一。接下来，白江工程将进入建设高潮，"新三直"工程要全部完成，预计还有三到四年时间，路途漫长，而中间的千难万险还在后面。

不想聊工程，我们却不自觉地又聊到了新工程的一些情况。

白江工程是四川省的第五条水电外送通道，线路长2000余公里，途经川、渝、鄂、皖、苏五省市，投资307亿元。从四川省凉山州布拖县特木里镇开始，到江苏省常熟市辛庄镇，工程计划在2022年建成投产。

实际上白江工程自2018年开始就已经启动可行性研究工作，这是国内首条占用生态保护红线不可避让论证并取得用地预审的特高压线路。

"凉山—相岭生物多样性维护—水土保持生态保护红线"等类型生态红线约4.6公顷，需先行完成占用生态保护红线不可避让论证后才能办理线路用地预审，这是一个全新的课题。

白江工程四川段的难度主要的有五点：一是重冰区长度长，有效工期短。白江工程四川段的重冰区长度为81公里，最高设计覆冰达50毫米，属于典型高海拔特重冰区的无人区，最大高差达1800米。受高海拔、气候等自然条件约束，每年11月底至来年2月大雪封山，依照进度安排，到2022年6月竣工投产，工程实际有效工期只有一年左右。

二是林区分布广、途经敏感区域多。本工程线路途经区域植被茂密，林区长度约196公里，占全长的51.3%，线路途经不同的生态系统，自然生态环境原始、独特，还涉及麻咪泽省级自然保护区实验区、老君山省级风景名胜区、珙桐（国家一级保护植物）移栽、润楠（国家二级保护植物）移栽，生态系统极其脆弱、敏感，破坏扰动后很难恢复，生态环境建设与环境保护任务重。

三是地质条件差，交通运输条件恶劣。本工程在大小凉山局部地方山高坡陡，地形地貌复杂，微地形、微气象丰富，部分道路交通等基础设施建设比较落后，汛期经常发生塌方、泥石流等地质灾害。

四是岷江大跨越施工难度大。工程在宜宾市屏山镇跨越岷江，岷江两侧直线塔全高为176米，这是四川境内特高压线路第一次采用大跨越，以往无建管经验借鉴，工作面临诸多挑战。

五是房屋拆迁量大，协调难度大。本工程房屋拆迁面积

　　　　　　　　　　　　　　一 盏 灯 的 世 界

约20万平方米，单平方公里房屋平均指标为536平方米/平方公里，尤其在房屋最密集的泸州市泸县，单平方公里房屋指标达到了1202平方米/平方公里。该区域房屋特别密集，经过多次实地勘察，发现多处房屋装修豪华、面积大、成片聚集，未来工程建设中拆迁难度巨大……

谈到这些困难的时候，仿佛天上的月亮都不那么亮了，迷蒙昏沉起来。

显然，白江工程与雅江工程又有很多的不同，对于刚刚参加雅江工程的蒋乐而言，这又将是一个巨大的挑战，"新三直"中的每一个工程都不可能轻松。所以，今日的月夜漫话终究会面对明天的严峻现实，征程漫漫无期。

后来，我看到了蒋乐即兴写的一首诗，觉得在朦胧之中有一份深情，这又让我想起了那个皎月当空、群星闪耀的夜晚：

> 本想把星星摘给你，
>
> 可是，
>
> 我够得着星星，
>
> 却够不到你。
>
> 就算手捧星星，
>
> 蓦然回首，
>
> 也只剩下，
>
> 深夜的酒……

月夜能够让人轻易走进内心世界，特别是工地上的月夜。

除了蒋乐之外，听说雅江项目指挥部里还有两位博士，所以我也很想了解一下他们的生活和工作。

我先见到的是韩伟，同事们都叫他"韩博士"。

韩伟是特高压指挥部工程安检部主任，这是一个很重要的岗位。这位毕业于武汉大学的高才生，曾经在国网四川公司下的电科院、经研院工作过一段时间，但他最重要的经历却是在海外待的四年，也许这段经历让韩伟知道了坐在办公室里搞研究工作，与漂洋过海去一线实干是两回事。

从2009年到2012年期间，韩伟连续在越南、苏丹、斯里兰卡、印度等国家进行输电项目工作。说起海外援建这段生活，他仍然感触良多，特别是在苏丹工作的那段日子，他有讲不完的故事。

苏丹是联合国认定的世界最不发达国家之一，以农牧业为主，工业落后，基础薄弱，对外援依赖性很强。这样一个国家，还是个"世界上最不安定的国家"。韩伟刚刚到苏丹时，觉得不可思议，来接他们的是政府军派的坦克，并一路将他们送到营地。他当时就心中嘀咕，当地的安全环境不知坏到了什么地步。

工程建设是在战争的枪炮声中进行的，援外人员冒着很大的生命风险，但这是援建工程，一点都不能马虎，相反要具备很强的责任心。

当时工程的要求非常严格，监理是德国人，对技术细节一丝不苟，与他的沟通非常不易。韩伟他们以"中国方法"与之应对，最终解决了很多问题。不仅如此，工期也卡得很紧，迟完成一天要罚款10万美金，但施工难度很大，这主要是天气的恶劣，气温达到了57度，待着不动都难受，更别说工作了，每一天都是煎熬。韩伟说他们的生活中没有任何娱乐，唯一的乐趣是去一个被他们称为"一线天"的地方乘凉，其实就是在两块大石头下面，一天的劳累可以在那里得到稍稍的纾解。

但就在这种环境下，中国人圆满地完成了建设任务。

"我们是提前一天完工，仅仅一天，但这一天就是胜利！"时至今日，韩伟仍然很感叹。

很少有人知道他们是怎么抢下的工期，但在这个工程上干了一年多，韩伟认为是最为艰苦的一段日子。在那里，没有任何光环和荣誉可言，国内的人根本看不到，干完了这个工程又转战其他工地。

韩伟也是从技术员干起，最后干到项目经理，一步一步成长起来。在那些工作中，一个博士跟普通员工没有区别，一起同甘共苦，奋斗的过程让人生得以磨砺，这可能是韩伟最大的收获。

其实，韩伟是苦孩子出身，家在河南农村，家境非常贫穷，"小时候饿得都不会说话"。

在他记忆里，每天只能吃两顿饭，就是到他读大学的时候，都没有吃过饱饭。韩伟回忆，当年父亲为了他读书去借1000块钱，差一点都跟人跪下。说起这些，韩伟这个一米八几的魁梧汉子都会情不自禁地落泪。

正是有了童年时代的际遇，才让韩伟懂得珍惜。他学习刻苦，成绩优异，寒窗数载后来到电力单位工作，人生又为他敞开了幸运的大门。

一切都来之不易，所以韩伟格外珍惜今天的工作。2019年11月他被调到"新三直"特高压项目上来，又一次被推到了前线。韩伟告诉我，当时是他们部门有的人要结婚生子，有的人要照顾家庭，无人响应。领导就说，韩伟，你带个头吧。于是他就到了西昌，"虽然有百般不舍，却又感到义不容辞"，这是一份信任。

到了一线，韩伟清楚他的工作责任重大，"有为才无危、无危才有安"，这是他心中树立的牢固安全观念。

他到西昌不久，就发生了惨烈的"3·30西昌森林火灾"事件，而雅江工程四川段正是在大凉山山区中建设，线路要穿越不少林区，安全压力陡然加大。

在工地上施工，工人抽烟、做饭烤火、接地焊接等都是火种的产生源，但为了防微杜渐，他们制定了最严厉的管控措施：现场不生火，所有人不能带打火机，发现一个烟头罚款200元，班组长则罚款1000元。韩伟的工作重在监督，他来回于各个项目部，抽查工地现场，找出安全问题，拿出考核处罚办法。

　　　　　　　一 盏 灯 的 世 界

韩伟告诉我，安全绝对不能放松，你假如提出完成100分，下面可能只能做到80分；如果只提出完成80分，下面可能只能做到60分，甚至60分都不到。

认真细致的工作，就必然要付出更大的精力和心血，安检部里全是一帮年轻人，他算是老大哥，免不了要多担当一些。韩伟才四十出头，就发现自己的头发白了不少，这让他大有人生的沧桑感。

"我父亲六十岁才有白头发，我还是早了一点。"韩伟说。

他给我讲到一件事，有次他回成都办事，坐的是早班车，目的就是先去理发店把发理了，精神一点，也免得让人看起来显得苍老。艰苦的工作催人老，他一定知道，人到中年，这故事有些辛酸。也难怪韩伟上小学一年级的儿子跟他有些陌生了，每次问他的问题都是："爸爸，工程好久才能干完？"

韩伟的妻子也在电力系统工作，同样非常繁忙，还经常出差，孩子常常是交给邻居帮忙照顾。但有一次，孩子独自上学差点走失，老师校长满大街找人，惊险万分。这一点上韩伟有些内疚，他为了尽到父亲的责任，用视频给孩子辅导作业，每天坚持，其实这点非常不易。每次回到家里，他都要给孩子讲工程上的事，如换流站是怎样的一个工程？基塔是如何建起来的？无人机是怎么回事？这些都激发了儿子的好奇，让他产生了自豪感，甚至到学校去跟老师、同学讲，自己有一个很了不起的父亲。

父子之间的沟通缩短了分别的距离。有一件事让韩伟非常感动，儿子有次送给他一份"神秘礼物"，写了一张贺卡放在桌上，他打开一看，是祝他生日快乐！也许在这个时候，韩伟的内心一定充满了满足感。

韩伟告诉我，儿子喜欢火箭模型，他准备找个机会带他到西昌来看火箭发射基地，满足他的一个心愿。

朱军也是指挥部里的博士，山西大同人，毕业于西南交通大学，今年三十六岁。

他从2015年入职以来，一直在四川电科院工作，"全院200多人，博士就有40多个，人才当量太高了！"所以，他不愿意都挤在一堆，他想到项目上锻炼一下自己，再好的钢不用也会变成废铁，这是朱军愿意到一线参加建设的初衷。

2019年10月到雅江工程后，朱军的工作主要是负责换流站的四通一平和建管，上面对应特高压事业部，下接工程施工项目部，他要做的就是横向联系和协调。

刚开始时的工作并不顺利，搞科研与具体的建设工作区别很大，他最初的工作不被人认可，按他的话来说是"别人不买他的账"。这多少有点让人沮丧，虽然你是博士，读了一肚子书，但在实践中却得不到证明，你的作用可能还当不了现场的施工班班长。

对朱军最大的考验是在他的同事黄建平离开后，之前很多工作由黄建平顶着，还没有太大的问题，但他走后留下一份移交清单，朱军拿着就发愣。那些天他心里着急，很多东西没有摸清，接不起来，真的是夜不能寐。这是朱军有些郁闷的一段时间。

但能力就是这样被逼出来的。后来慢慢摸熟了，工作逐渐上手，就在这个过程中，他认识到了实践的重要性。

在朱军最艰难的那段时间中，他自己都会反问自己在指挥部的价值到底在哪里？像他这样高学历的人才是否是大材小用？他觉得自己的这段经历是值得的，在建设一线会学到很多东西，一是看问题更客观、全面，少了狭隘；二是注重实际，能够理解实际工作中的难处，今后做方案会考虑得更科学和人性化；三是可以认识更多朋友，而这种人脉资源对今后的工作开展更为有利。

其间，我问了朱军一个问题："工程建设前线真的需要博士吗？"

他的回答是："到一线的高学历人才会越来越多，这是个趋势，但高学历还需要高水平，在工地上我要学习的东西还很多，但我相信存在就是一种影响。"

随着高学历人才的不断培养，今后也会越来越多地出现在工程一线，这是大势所趋，不是什么稀奇事。人才的综合型发展，必然少不了基层锻炼这一个环节，朱军他们的存在本身就是一种证明。

朱军个头不高，精力旺盛，说话语速很快，反应敏捷。每天除了忙碌的工作之外，闲暇时他也常常到邛海边去骑骑单车、散散步，偶尔也跟同事一起玩玩牌、喝喝酒，虽然远离亲人，但这种生活倒也充实，这跟他在科研院里按部就班的生活有很多区别。

在交谈中，我还得知朱军现在不仅在学习，也在不断总结，他把施工单位的一些创新实用技术写成专业文章，便于在行业内推广。这是他的强项，博士发挥出了应有的作用，也就是他所说的存在的影响吧。

工地之花和两只鱼缸

"我最怕接到我妈的电话！"胡燕丽说。

这位女儿只有三岁多的年轻母亲是个军嫂。她到特高压项目上时女儿才两岁，由女儿的外婆带，一般情况下都不会有事，但只要一接到电话，她就会紧张：可能又是女儿生病了。有一次，女儿病了，吐得厉害，胡燕丽心急如焚，坐上下午5点的火车从西昌出发，到成都已经是凌晨3、4点。这样的经历让她总有些心悸。

其实，胡燕丽是可以不到几百公里外的前线指挥部工作的。因为女儿太小，只要她说不来，领导也绝不会派她出来。只是领导在征求她的意见，问她是否愿意到外地工作时，没有想到她竟然答应了。

胡燕丽之前在省电力建管中心从事计经造价工作，是

2019年10月到的雅江工程。对于一线工作她并不陌生，胡燕丽从2008年参加工作开始就在工程一线，在绵阳、德阳、甘孜等地辗转，2016年才回的建管中心，那时她已经三十一岁，也该为自己的生活考虑了。

胡燕丽与现在的丈夫认识是在2012年国庆节，当时他还在西藏林芝当兵，他们只见了三、四次面，其余都是在网上和电话上"谈情说爱"。两年后，两人结婚，一个在工地，一个在边防，当上了牛郎织女，胡燕丽也就成为一名独守空房的军嫂。

2017年胡燕丽生小孩的时候，老公从边境上回来待了一周，又赶紧回到了前哨，两人在一起的时间非常之少。等老公转业回家，胡燕丽却又到了西昌，仍然是天各一方。

"我记得是2019年的4月8日，正好是我女儿生日后一天，正准备给她过生，调函就到了；当时我老公还在西藏，听到这件事后没有多说什么，就说尊重我的想法。其实，我知道他有些不高兴。"

胡燕丽到西昌后，老公转业回到了成都，牛郎织女的生活仍然在延续。

"为什么要做这样的选择？"我问。

"其实我当时也没有多想，既然组织需要我，我就来吧。"

胡燕丽当年在野外工作时住过很长时间的板房，艰苦的生活她尝过。

到西昌指挥部后，她认为条件比过去好多了，只是工作非常忙，经常加班。除了应对工程款支付外，还要去施工现场，了解施工进度。在工作中，胡燕丽是尽心尽责的，她觉得与计经处的几位同事在一起相处不错，大家都在齐心协力地干好工作，为工程建设出了力，这让她有了参与感和成就感。

但是，到了一线，女儿就很难照顾到了。每次胡燕丽回家前，都要专门去买上一堆水果带回去，因为她知道女儿每天都在盼星期五。正常状况她是两个星期回家一次，星期五早上出发，坐上六个多小时的车，回到家已经是下午三四点钟。但女儿就一直盼着妈妈回家，她也急切地想看到自己的小宝贝，这是她们母女间共同等待的日子。

然而，每次见到女儿，胡燕丽又有些心痛。

"父母长期不在身边，孩子的性格胆怯，见到我总是躲在外婆的背后。"她说。

女儿每晚都跟着外婆睡，见不到父母，这是胡燕丽最感到歉疚的。

其实，让她郁闷的还有一件事。胡燕丽喜欢养观赏鱼，她在家曾养了108条红鹦鹉，满满一大缸子，游来游去，非常好看。但她去了工程上后，只一个夏天，鱼全部死了。

"没人去打理，鱼要长细菌，活不了。"她说。

但是，她的生活就像那个空着的鱼缸一样，需要水，需要氧气，需要一群美丽的、自由游弋的鱼。

她应该回到女儿、回到鱼缸的身边，这应该是她的权利。

那天，我是这样问胡燕丽的："你在项目还要准备待多久？"

"不知道，也许两三年吧。"她平静地说。

但她的回答让我感到吃惊，因为要说这话需要一点坚强。

"我把鱼缸搬到了这里。"

与胡燕丽不同的是她的同事张静雯。

张静雯也喜欢养鱼，但没有人会想到，她居然把家里的大鱼缸搬到了前线指挥部宿舍中，在工作之余，她会去附近的小河里捞一些小鱼养在里面。

"没有其他的娱乐，养养鱼也可以多一些生活乐趣。"她说。

张静雯是个重庆妹子，生长在成都，所以她的性格是亦刚亦柔。工作中精明强干，这是重庆女子的性格，而说话温言细语，这又是成都女子的特点。她在省送变电公司工作了将近二十年，去过很多偏僻、艰苦的地方，如丹巴、昭觉、新都桥，还去过被称为生命禁区的五道梁，那里地处青藏高原，地高天寒，四季皆冬，氧气稀薄。一个弱女子去那些地方，如果不说是去工作，可能别人还以为是去旅游探险的。

也许张静雯的性格中确实就有冒险的基因，喜欢做有挑战的事情。

"不喜欢格子间里的工作，我比较适应现在这种生活方式。"她说话很直接，这点就像重庆人。

2019年4月，张静雯自愿来参加特高压工程建设，雅江工程是她参加的第一个特高压项目。

既来之，则安之，张静雯把鱼缸也搬来了，准备在这里好好干下去。

在家中的时候，她养了7只猫，要是没有一点耐心管住它们，谁知道会不会把家里弄得翻天覆地。但她的孩子三岁时就全托，现在到了初三，她又主动到外工作，张静雯说她有点"强势"，应该给孩子一点自己成长的空间。她好像是有点矛盾的人。

当然，刚才说她的性格有两面性，也就意味着有和谐的时候，也就会有冲突的时候，好在她完全能够得心应手地处理，就像她的本职工作一样，干净利落，绝不拖泥带水。

"我是个完美主义者。"张静雯说。

就在我见到她的时候，她已经把高级会计师、内部审计师考下来了。这几年中，张静雯把跟她业务工作有关的财务、税务、审计等证书全部拿下了，国网系统拿齐了专业证书的人不多，这不是件容易的事。这些证书，对她的工作大有助益。

为了考这些证书，张静雯用了不少功，早晨4、5点起床，看书到7点钟去上班；中午休息时间只睡15分钟，然后开始刷题，她总是挤时间学习。她的工作并没有受到一点影响，相反是个很尽职的员工，工程施工预算她比谁都清楚，而且常常为工程施工一线着想；有时为了准确核算施工报价费用，她常常走在那些颠簸的山路上；有时施工单位的账目不规范，她常常要帮着整理，让他们尽快过关。

张静雯非常理解施工单位的难处，每次回成都都是大包小包，全部装的是各种报表，名为回家，实际上她仍然在工作，为的是尽快解决工程上的财务问题。她有一个理念，凡事要做就做好，不能半途而废。

从这些看来，张静雯是个比较理性的人，工作上一丝不苟，兢兢业业。但在生活她又是个很感性的人，爱美，爱打扮，内心永远十八岁。在指挥部里，张静雯的快递是最多的，她喜欢在网上买衣服，穿得新新鲜鲜、漂漂亮亮的，让单调的工程项目办公地多出了几分色彩。但这就是她的生活，坚持自我，活出精彩。

"我现在有个困惑，不知道下一步怎么办，正在寻找下一个目标。"张静雯说。

是的，专业证书拿完了，她又在寻找具有挑战性的事情，挑战自我，一刻也闲不下来。但这就是她，有点知性，也有点魔性。

工程中的"火眼金睛"

有人说，监理人员是工程的影子，他们与工程如影随形。

2020年盛夏，我到了雅江工程川1段工程项目部，正好遇到了四川段监理项目部总监孙伟。

这些天他正在川1段开展相关工作，饭后便一起散步聊天。孙伟是1965年出生的，同为六十年代人，谈话很有亲近感，我们自然就聊到了工程建设中的一些事。

关于川1段工区的特殊性，站在监理的角度，孙伟是这样总结的：一是线路长，管理现场战线长；二是基点多，而基塔多在山区，在多个少数民族地界上，工作吃力；三是施工方项目部的管理者比较年轻，在经验上还需要提升。

孙伟是2006年进入电力监理行业的，过去也在施工单位工作过，2008年他曾参加过茂银线的监理。雅江工程是他参与的第二条线，第一条是在锡泰线，所以有着比较丰富的监理经验。

他将这两条特高压进行了比较，单在交通方面，二者的差异就很大：一个地处平原，汽车都能开到基塔下，一个是在山区，行路极为艰险，他随便举了例子："N0597基塔就是极限之地，要爬两个多小时的路，而且是手脚并用。又如N0579基塔，在金阳县兑坪镇山上，完全是碎石路，人称'羊子路'，也就是山羊才能攀爬的小路；此地海拔3200米，塔材都要用马帮或索道运送，下面是雅砻江，滚下去尸骨无存。"

监理工作与工程建设是同步的，但监理工作与建设究竟是不一样的。工程监理的主要任务是确保工程建设质量和安全，提高工程建设水平，充分发挥投资效益，但他们的工作具有独立性。

孙伟告诉我，他们在进入了雅江工程的监理工作后，首先是提前做好策划工作，设计很多实施方案，如入场人员培训、工器具报验等，目前他们有30多个工作人员，要负责三个标段的监理工作，工作量不小。

"我们的监理费用偏低，而内容偏多。以目前的情况，还应该增加管理人员，但费用不够，没有办法，只能增加每个监理人员的工作量。"孙伟说。

雅江工程是国网四川公司的第一条125大截面特高压项目，业主、施工、监理都是四川的，所以各方都是高度重视。但由于地理条件的险峻，运输施工安全风险非常大。监理人员在2019年7月底进场后，就开始了前期工作，如策划、协调、设计交底等，为主体工程的进行做好准备工作。

在日常的监理工作中，他们要跟随施工方同时进入现场，监控每个基塔点位安全质量管理。孙伟说，为了对现场工程安全质量进行监理，他们常常要设旁站，与施工单位同进出。也就是施工点在哪里，他们就要出现在哪里，建设施工单位遭遇的艰难险阻，他们也同样要"共享"。

就在我们谈话的那些天中，有些地方已经连续下了很多天雨，但监理人员一样要待在那里，与一线工人同吃同住。

"我们有个同事已经在山上住了五天，山上的气候条件变幻多端，饱受风吹雨淋，住的是帐篷，吃的是方便面，非常艰苦。"孙伟说。

但监理的存在，在工程建设中发挥着不容忽视的监督作用。在监理过程中，他们发现问题后会及时进行三大指令，一是在发现安全隐患后给施工方发"联系单"，告知对方；二是在问题没有得到解决时，要给施工单位发问题"通知单"；如果对方置之不理或者解决不到位，则会发出"停工令"。

这三大指令是监理单位的工作权力，如果还没有得到整改，则会约谈业主方，在最严厉的情况下，会按照合同条款进行考核，甚至处以2‰的罚款。孙伟说，监理的处理方式会影响施工单位的进度，而对分包单位有经济利益的影响。

工程监理是个严谨、细致、认真的过程。在雅江工程监理项目部，每月他们都会召开一次监理工作例会，汇总最近发生的安全隐患，对危及安全、质量的事件、事故进行追踪，拿出处理意见，留下"管理痕迹"。开完会，所有的监理人员又分赴现场，进行一线各个点位的监理工作。

但监理也要讲究工作艺术，孙伟说施工与监理的关系往往很微妙，处理得当很重要。我去的那天正在开安全月活动会，他把川1段所有的技术人员、施工班组都通知到项目部开会，集中反映问题，灌输安全意识，提出解决方案。这样的活动实际就是一次整顿学习，名义上和方式上就要温和得多，是换了一种方式的监理方与施工方的直接交流，回避了尖锐矛盾，又更为人性化，事半功倍。

"守住安全质量的红线、底线，就是工作的最大效益。"孙伟说。

他告诉我，监理工作与施工单位发生一些矛盾是难免的，有问题才会有矛盾，平时管理很严，后面才会成为朋友。在过程中常常会发生分歧、摩擦是很正常的，但质量、安全可控，保证到最后工程一次投运成功，这才是最大的收获和满足。

在谈到监理工作的特点上，孙伟说有"四多"：各种会议多、上报资料多、上级检查多、领导批评多。他给我举了例子，如现场器材摆放整齐，是行业管理规范，但受地形限制，有时就不可能完全办得到，这就可能挨批。

"干了这么多年，觉得监理工作非常枯燥，没有什么乐趣，压力大，每天都要忙工作。"

孙伟说这句话的时候，已经有几个月没有回过家了。他的家人倒是比较理解，常常打电话，嘱咐他上山要注意安全和平时要保重身体，毕竟是五十多岁的人了。

就在采访他的第二天，孙伟去了N0197塔基，那是一段还没有修好的毛坯路，坑坑洼洼，弯道急促，非常危险。连司机都说开一次，再不想去第二次，那些地方真的不敢多去。但他们常常要走的就是这样的路，冬天最怕冰雪天，暗冰路，车轮打滑，极端危险；夏天最怕泥石流和塌方段，这都是安全最大的杀手。孙伟说，这是没有办法的事情，条件如此，无法选择，哪怕每天下来，脚都迈不动，但都要干下去。

"干监理就要有责任感，要用心做事，对得起这份工作。"

在比较监理和施工时，孙伟最早认为监理受人尊敬，比施工单位轻松，后来亲身接触后，才知道压力大，责任重。以雅江工程而言，是点多面广，但职业技术工人少，民工多；民工来去自由，所以难管，就造成了这样的情况。他说，施工与监理是两种不同的类型：施工方是实际操作型，是工程的主体，而监理是管理型、监督型；只有两者的合理协调，步骤一致，才能有利于工程进度的推动。

"特高压工程有其特殊性，时间紧，一旦核准，马上开工，这就更需要施工与监理的有效配合。"孙伟说。

在工地上待久了，孙伟对一线工人的工作环境感触很多："最艰苦的就是一线工人，晚上睡通铺，一周都洗不到澡，浑身臭烘烘的，还常常住在露天野外喂蚊子。"所以，他在讲安全时，常常对工人们说，你们吃没吃好，住没住好，为的啥？

"一定要把钱安全挣回家！"他的这句话很直白，但说的就是大实话。

由于工作出色，孙伟被雅江工程指挥部评为了"工地之星"，其中一段表彰评语是这样写的：深入工程一线，靠前监督管理现场监理工作，做到了三级及以上风险动态适时管控。

聊天中，孙伟还给我讲到了2020年他经历的"3·30西昌森林火灾"。当时西昌泸山一带森林突起大火，灾情发生后，孙伟马上就想到了山火会不会危及工程现场，因为他担心川1标段离山火比较近，很容易殃及池鱼。为此，他迅速联系到了扑火指挥部，希望支援救援。当天晚上，他到西昌各大超市购买矿泉水，但时间已晚，到深夜才凑够几十件，很快用车送往前线消防官兵处。买水的钱由他一人出，却是以公司的名义赠送的。

奉献的是微薄之力，体现的却是人间大爱。

孙伟告诉我，做监理工作实际也要有一种爱心，不能尽职尽责，就做不好一名工程建设的护卫者。

飞越苍茫群山

深秋时节，海拔3000多米的四川德昌县大山垭仿佛已入隆冬，只觉寒气阵阵袭来。在雅江工程川1段N0119-N0139基塔区段，却是另外一种景象，四川电力送变电建设公司的100名施工人员正忙着架线施工。

一大早，特高压指挥部宣传中心的李云和余近瑶就来到了现场，他们是为了实地报道这一小小的工地"盛况"而来的。

李云在部队锻炼过很多年，转业后到了电力部门工作，也参加过不少大型输电项目建设，人显得很精干；余近瑶则是一个刚刚参加工作没有几年的小姑娘，脸上还带着一点稚气。这一老一少自从加入到雅江项目建设宣传后，已经跑遍了雅江工程的很多施工现场，写出了大量的新闻报道。

这一天，他们又要在工地一线寻找新闻了，而他们将会看到一些什么呢？

此时，川1标段施工项目部常务副经理邹浩正在N0139基塔下指挥工作。

在2020年6月的一次采访中，他有一件事给我留下了很深的印象。

那是一个将直线塔改为耐张塔的案例，制定了两套方案，最后论证应用了他主张的方案。事情是这样的：初期的时候，N0016、N0017、N0018三基塔均设计为直线塔，但三基塔间分别有两条500千伏送电线路，此处作为重要跨越架线施工不允许接头，且两条线线路为单一电源侧供电，绝不能同时停电，因此，此处便成为一个施工难点。

在与业主、监理的研讨会上，邹浩提出两种方案：一是与有关部门协商短暂停电，在停电时迅速进行封网作业，恢复供电后进行带电跨越，再短暂停电进行拆网作业；二是将N0017改为耐张塔，增加N0016和N0018两塔的高度，并在N0017设一个牵引场，如此两种方法均可解决此难题。方案提出后，经监理、业主、设计等多方讨论，采用第二种方案，难题由此得到解决。

"架线施工最怕的就是耐张转角塔多。"邹浩说这句话的时候，已经是几个月之后。

但他们经常遇到的就是耐张转角塔。

N0119-N0139基塔区段要穿越原始森林，线路长8.6公里，共有21座基塔，其中耐张转角塔13座。施工线路下方除了参天大树就是巨石，山势陡峭，大雾弥漫。该区段是川1标段架线施工最难的区段。

茫茫山区内，一座座基塔在矗立起来。在这一道壮观的景象下面，N0139基塔张力场附近已经有4个帐篷整齐地扎营在山林中。为抢工期，节约往返的时间，施工人员要驻守在工地上。

这天一早，整个施工现场大雾弥漫，能见度极低。硬质围栏将张力场围成一个方形，导线盘整齐地排放着，3台张力机一字摆开。施工人员调试好设备，耐心等待大雾散去，不时用讲机交流现场的情况。

"这个区段就是雾大，施工风险很大。"施工班班长刘军说。

这里的雾说来就来，说去就去，如果塔上作业人员看不见线路和走板状况，贸然施工，可能会出现意想不到的问题。所以，他们每天都在与雾周旋，等雾一散，马上施工，而雾一来，就只好暂时停下来。作业时间有限，大家必须争分夺秒。

"大家一定要注意安全，做好防火措施。"

邹浩走进施工现场，认真查看"e安全"进场打卡记录、施工作业票等，检查现场工器具和安全措施落实情况。当天，7名安全监督人员紧盯现场每个角落，时刻监督施工安全。

"雾已散开，可以牵引。"看到大雾刚散，刘军根据塔上作业人员反馈的信息，指挥张力机操作人员依次加减张力，开始放线。

五分钟后，6根横截面积1250平方毫米的导线通过张力车的轮盘，在3根钢丝绳的牵引下，缓缓向牵引场移动。

这时，余近瑶把一部无人机放上了天空，它围绕着基塔不停地旋转，她要把这个现场拍摄出来，然后制作成视频播放出去。而李云则在工地上与相关人员在聊天，他要了解施工过程中的很多细节，以便回去后及时写出一篇翔实的报道。

原始森林树多且高，对架线施工是一个挑战。施工人员要严格控制张力大小，一旦张力过小，导线就会下降碰到树枝受到损伤。

"这个区段坡度大，档距高差大，要经过两座大山头，导线正常牵引时，张力必须保持在29.4千牛，不能有一丝马虎。"刘军指着线路对李云说。

李云在采访中总是不放过每一个细节的观察，问得特别仔细。

N0130基塔位于山坳，向左转角19度，放线时导线高过基塔，走板必须从外到内依次通过滑槽，防止滑车碰撞或导线打绞。

"走板距N0130基塔还有5米，1号张力机慢速，2、3号机停。"

只听见刘军在大声地指挥着，工地上是一片紧张、忙碌的气氛。

　　　　　　　一　盏　灯　的　世　界

到中午，3个走板顺利通过N0130基塔，工人们才稍稍松了口气。

越往山区深处走，就越感到压力大。树枝密得透不进一点光，四周一片漆黑，打着手电筒穿梭在树木、荆棘中，脚下全是枯枝腐叶和怪石。该区段山高路远，个别道路坡度接近70度，必须手脚并用才能攀爬上去，下山还得慢慢往下滑，稍不注意就有跌落山谷的危险。

在施工现场，加减张力、调整滑车、压线……每个作业面都井然有序，严阵以待。可这里的天气说变就变，不一会儿山上就刮起大风，余近瑶赶紧把摇摇晃晃的无人机收了回来。为了塔上人员的安全，牵引工作也暂时停了下来。但没有过多久，风停了下来，大山深处又响起了张力机的轰鸣声。

干电网建设既是技术活也是辛苦活。这里属于20毫米重冰区，植被下面全是坚硬的石头，一基塔从基础开挖到组立完成，至少需要两个月时间。工程监理雷定明说，施工人员不仅要面对雨、雪、雾等恶劣天气，还要经受高海拔、严寒和大风的考验，工程的每一点进展都来之不易。

后来，我同余近瑶摆谈，她告诉我，她爬的最多的山就是在雅江工程上。有时一走就是几个小时，翻山越岭，脸晒黑了，皮肤晒粗了，但这就是她的工作，要想报道出好的新闻，不深入一线不行。想想也是，一个城里长大的90后小姑娘经常在山区里跑，确实是有些辛苦。

"到工地上来，我确实学到了很多东西。"小余很乐观。

确实，对小余而言，雅江工程就是一所大学，各路人才汇聚，所涉专业众多，社会接触广泛。能够调到雅江工程宣传中心来是她的幸运，而在工作中，吕宾、杨林、李云、陈奕宏等前辈都可以说是她的老师，他们都有丰富的工作和人生经验，这个部门就像个小家庭一样融洽。

到这里来的人，都有自己独特而丰富的内心世界，有很多东西都值得像余近瑶这样的年轻人去继承和学习。

"下一次，我要把无人机的电池充得足足的，尽量把工程现场拍好，充分展现雅江工程的雄姿，让外界的人了解特高压的伟大。"余近瑶说。

不破楼兰终不还

2020年12月26日，在凉山州德昌县南山傈僳族乡工地上，工人们在基塔下一片欢腾。随着川1标段最后一个走板牵引到位，全长206公里的四川段实现全线贯通。

这一喜讯迅速传遍了整个电网建设的各个工地，人们都感受到它振奋人心的力量。

国家电网公司也在第一时间得到了消息，立刻给四川公司发去了感谢信，其中写道："自2019年9月工程开工以来，你单位高度重视、精心组织、周密策划、众志成城、齐心合力，克服了高山大岭、高海拔、暴雨、洪涝、酷暑、雨雪冰冻等恶劣地形和天气施工的困难，以及突如其来的新冠疫情的影响，坚决贯彻三个不变的总体要求，安全平稳有序推进工程建设，在全线各省区段中，四川省境内线路率先于12月26日全线贯通。"

这是一个欢庆的时刻，通过一年多的艰苦奋战，雅江工程建设已接近尾声。

从2019年8月核准，到实现2021年6月双极低端投运，2021年9月双极高端投运的目标，由四川公司负责的各项任务接近全面完成：盐源换流站场平提前交付，大金河桥顺利竣工移交；大件运输换流变电器20台运抵雅中换流站，将在4月底完成剩余运输任务；川云段线路全线贯通，其中四川段在沿线5省率先完成，接地极主体施工完毕，只等开展线路验收及消缺工作。

按照时间排序，雅江工程的时间表是这样的：

2019年8月23日，工程取得国家发改委核准
2019年9月15日，雅江换流站场平移交国网直流公司
2019年9月23日，工程川云段首基塔位基础浇筑
2020年2月25日，遭受疫情后，工程川云段正式复工复产
2020年4月24日，工程川云段全面进入基塔组立阶段
2020年6月28日，大金河桥通过荷载试验并全线贯通
2020年7月30日，工程川云段转序进入架线施工阶段

2020年8月23日，雅江换流站首台换流变进站

2020年10月22日，雅江换流站首台换流变安装就位

2020年10月22日，雅江工程首个标段（云2段）贯通

2020年12月19日，雅江工程成功跨越雅砻江

2020年12月26日，雅江工程四川段全线贯通

2021年2月4日，雅江工程成功跨越金沙江

2021年2月21日，雅江工程川云段复工

2021年3月18日，雅江工程云南段全线贯通

2021年3月28日，雅江工程四川段及接地极极址投运前质量监督检查总结会

2021年4月16日，雅江工程云南段投运前质量监督检查总结会

2021年4月19日，雅江工程川云段竣工预验收

2021年6月21日，雅江工程双极低端投运

2021年9月，雅江工程双极高端投运

　　时间已经到了2021年初，在四川段贯通后，人们把目光投向了云南段，川云段全线贯通后才是取得最后胜利的决定性标志之一。

　　但云南段还有个别地方存在困难而等待着最后的攻坚。

　　2020年2月初，我来到了金沙江边的金阳县对坪镇，准备去看N0801到N0802基塔之间的跨江放线。

　　两岸跨度1548米，两塔分处两岸的悬崖峭壁上，地形非

常险峻，此地正是最后要解决的困难点之一，也是全线贯通的控制性节点之一。

我去的那天，正好在金沙江左岸，一群云南来的工人早已等候在那里。

实际上他们已经是好几次来到这里准备架线，但由于天气原因，不得不推延至今，而他们每一天都严阵以待，随时等候通知进入战斗。

这是一个特殊的地段，整个雅江输电工程唯一一次跨越金沙江就在这里。但是，这块硬骨头之所以放在了最后，是因为它确实太难啃下了，在其他地方的线路几乎全部架设好之后，就等待将它拿了。

已临近春节，到处洋溢着浓烈的过年气息，工人们想的是抓紧工作，干完活后好好回家过年。欲速则不达，老天爷好像存心要捉弄人，从2020年11月到2021年2月初，金阳山区的天气就没有好过，不是下雨就是下雪，施工风险一点都没有降低，工人根本上不了基塔。

"唉，这天气，塔上的冰就没有化过，工人上去太危险了，一不小心就要出大事！"施工队队长雷波说。

除了天气，地形的险峻也是阻碍施工的关键原因。

业内人士都知道，张、牵场的选择是确保跨江施工安全顺利的关键，张力场和牵引场选在何处，要综合考虑道路运输、场地空间等因素，但N0801到N0802基塔之间地形太特殊，如何设置颇费思量。后来他们在精密论证后，决定从金沙江右岸向四川地界的左岸牵引，并用8天时间好不容易在山尖上平整出来一块地，那块地就像鸟要展翅的地方一样，线缆就要从那里飞越金沙江。

设备运输过程也非常艰难。道路全是依山而建的盘山路，盘来盘去，让人头晕目眩，本来到放线区段仅有4公里，却要绕道了近14公里。路面状况也糟糕，除了积雪就是暗冰，运输车辆慢如蜗牛，司机把屁股都夹紧了，不敢稍有闪失，单转移设备，就耗费十天时间。

决战在即，从指挥部、项目部到一线施工班组都下定了决心：跨江飞线，必须拿下！

入冬以来，雅江工程云南段连续遭遇极端天气，雨雪交加，千山飞鸟绝，这是对施工的极限挑战。

云1段施工项目部积极备战了几个月，可以说已经做到了万事齐备，却始终无法再推进一步。我去的那天见到的情况，正是施工最焦灼的时候，进不了，却坚决不能退，唯一的办法是等待。

"今年冬天下了十几场特大暴雪，一下就是几天，山都被雪完全笼住了，根本看不到路！"业主项目部副经理王浩宇说。

实际上，就在我去N0801基塔下的头一天，山里就下了一场大雪，山上白皑皑一片。像这样的天气条件，工人只有缩在工地上等，一筹莫展，别无他法。这让我想起特高压指挥部副总指挥蓝健均曾写的一句诗："张牵机转无导线，我辈智慧影难见。"

无奈，这是建设者们内心最真实的写照，正好反映了工程建设在与天地斗时常常遇到的困境。但是，既然下定了决心，就一定要完成任务，不破楼兰终不还。

2021年3月18日，通过艰苦奋战，雅江输电工程云南段全线贯通，消息传到特高压指挥部，所有人为之雀跃。至此，四川、云南段全线贯通。

胜利来之不易。在总结一年多时间的工作成绩时，在组塔和放线施工中建设者们确确实实下了些功夫的，他们先进的施工技艺究竟体现在哪里？

这段话值得参考："一是他们针对地形、地貌特点，推进管理、技术措施创新，在条件允许的情况下，推广使用灌注桩浇筑、座地式平臂抱杆组塔等装备与工法，不断提升施工效率与工艺水平。二是部署四精管控系统，辅助工程多维把控。通过数据收集、航拍摄影、敏感点识别和数据建模技术，实现精益房屋拆迁、精确林木砍伐、精准三跨施工及精细风险管控。三是积极应用新技术，增加有效施工时间。针对云南乌蒙地区常年大雾的特殊难点，创新搭建动态视频传输系统，实时监控牵引走板的状态，有效解决了能见度低影响放线困难问题。"

这是一段专业评价，但每一个字都包含了全体雅江工程技术人员的付出。这是一份来之不易的成果！

困难被克服了，线路贯通了，"新三直"中的第一条电网建设成功在即。但2021年是雅江工程收官之年，白江工程的开局之年，新的任务又来了，新的困难也将接踵而至，关键是中间没有停歇，大部分建设人马又将转战下一个工程。

白江工程的时间表也悄然展开：

2020年11月3日，白江工程换流站及部分输电线路核准

2020年12月10日，白江工程正式开工

2021年2月3日，白江工程四川段核准

2021年2月28日，白江工程四川段开工

……

白江工程刚刚揭开序幕，一项项奇迹正在发生。

这条特高压送端换流站坐落在凉山布拖。这个换流站有多大？占地近1000亩，足足有100个足球场那么大！就在那里，它将建成全球最大的换流站。

站在那里的时候，明显感到有种时空的压缩感，炽烈的阳光让人睁不开眼，仿佛这里天生就是一块高能量之地，要汇集天地间的无穷能量。

此地有个村，叫光明村，好像就为等待这个巨大的工程而生。

布拖换流站是在世界上都是独一无二的，这里是三站合一，即由白鹤滩–江苏±800千伏特高压直流输电工程送端换

流站、白鹤滩–浙江±800千伏特高压直流输电工程送端换流站、布拖500千伏交流变电站合并在一处。

这是一个新的奇迹，也是一个新的故事。

而新的故事等待着新的建设者，新的建设者等待着新的征程。

又想起了苏芮的那首歌："北西南东，一程又一程；走不尽的路，一步步是我的一生……"

回顾雅江工程，重温这一年多走过的路，却是不平凡而难忘的，不能不感慨万千。

开工以来，参建人员克服新冠肺炎疫情、森林火灾易发、脱贫攻坚任务重、地区协调难和多次地震的影响，在高海拔、重冰区、无人区、暴雨等不利条件下，战寒流、斗风雪、控风险、保进度，谱写了建设工地上一段不平凡的故事。

作为记录者，我也是收获满满。

在雅江工程建设过程中，我曾先后多次来到大凉山区和乌蒙山区，深入建设工地一线，亲眼看见了建设者们的工作和生活。当我重新打开写得满满的三本采访本，突然觉得它们有了沉甸甸的分量，这其中记载的都是真实的故事，有泪水、有欢笑，有苦涩、有甘甜，这是一群人的故事，也是一个时代的故事，它们也许会随着时间的推移而消弭在群山的深处，但我心中有一种声音在告诉我，这些记录是有价值的，这些故事是有意义的，它们不该被时间抹去，也不该被忘记。

又回到本书开篇的一幕。

雅江工程川3段项目部的综合办主任周岩，我当时是搭着他的车回到了西昌，一路上我们聊了很多。车到目的地时已经是下午2点，从一早开车，已经开了六个多小时，肚子早就饿得呱呱叫了。到了目的地后，我与他在路边的一个小店里吃了碗羊肉米线，然后分手，他还要赶着回去筹备第二天的验收项目。

当他重新启动汽车，并与我挥手告别的时候，我突然有点失落。

周岩这个人，我们只有短暂的接触，但很可能我与他再也见不到面了，从此再无交际，所谓"人生不相见，动如参与商"。实际上正如他自己所说，他干完雅江工程就准备回长春老家，再也不出来了，他已经走过了人生的这一段路。

这也许就叫告别，因为告别而相逢，因为相逢而告别。

站在路边，目送周岩走远。我知道，大凉山上的那一场大雪确实已经过去了。

2021年5月4日于成都